蜜牢の海

西野花

イースト・プレス

contents

「本日はお招きにあずかり、ありがとうございます」

瑠璃子《るりこ》は真新しい桜色の小袖《こそで》に身を包み、どきどきと胸を高鳴らせながら深く頭を下げた。

「よく来たな、瑠璃子」

「元気そうだね。ずいぶん大きくなった」

「はい。もう十四歳になりました」

目の前にいるのは従兄弟《いとこ》の鈴一郎《りんいちろう》と春隆《はるたか》だ。兄である鈴一郎は二十四歳、春隆は二十二歳で、鈴一郎は先日、父から正式に伯爵の位を譲り受け、家督《かとく》を継いだばかりだった。

「鈴一郎様、小田切《おだぎり》家の家督相続、おめでとうございます」

元号が江戸から明治に切り替わり三十年ほどが経つ。小田切家がまだ武家だった頃、瑠璃子の黛《まゆずみ》家は婚姻による繋がりがあり、家臣筋にあった。

本来であれば新当主への挨拶には瑠璃子の父が行く予定だったが、小田切家の方から、つまり鈴一郎と春隆の方から、瑠璃子に指名が来たのだ。

「ありがとう。君にそう言ってもらえると嬉しいよ」

燦々《さんさん》と陽の差し込むテラスにいると、鈴一郎の少し明るい色の髪がきらきらと輝き、まるで異国の王子様のように見える。

「春隆様も、これからは鈴一郎様を助けていかれるのですね」

「ああ。せいぜい兄さんの足手まといにならないように努めるさ」

対して弟の春隆は、名前とは裏腹に黒い髪と精悍《せいかん》な顔立ちをしていたが、瑠璃子は彼の姿形も好ましいと思う。

(本当にお美しい兄弟だわ)

瑠璃子の通う女学校はこのすぐ近くにあり、小田切家の屋敷の前は女子学生の通学路となっていたが、彼女達の間で彼らはちょっとした人気者だった。出かける姿を時折目撃されると、その日は学校で大変な騒ぎになり、教師にはしたないと叱られるほどである。そしてそんな二人と親戚であるという事が、瑠璃子には少し自慢だった。

「お二人とも私の学校では大変な人気で、紹介してくれと言われるほどなんですよ」

もちろんそんな真似はできるはずがない。いくら子供の時分から親しくしてもらっていると言っても、彼らの家は華族であり、瑠璃子の家とは家格が違う。そう言って断れば、友人達もそれ以上無理を言う事はなかった。

「もしも兄さん目当てなら可哀想な事になるな。外面《そとづら》はいいのに、中身はとんでもなく意地悪い」

「まあ、春隆様ったら――」

「はは、違いない。外面を取り繕うのは当主として必要な事だ。私がどんなに気まぐれで意地悪いのかは、春隆と瑠璃子だけが知っていればいいのさ」

「私は鈴一郎様が意地悪だなんて思いませんわ」

鈴一郎は少し気分屋なところはあるが、明るくて物事の道理を知っている大人だ。一本気で率直な春隆とは、互いを補っている素晴らしい兄弟だと思う。

瑠璃子は子供の頃から何度か彼らに遊んでもらっており、気心の知れた間柄だった。彼らはまるで本当の兄のように瑠璃子に接してくれ、おこがましいとは思うが、瑠璃子自身も彼らの事を家族のように思っている。

この小田切家の屋敷は広くて、瑠璃子が子供の頃は、よく書庫で異国の本を読んでもらっていた。恐ろしい悪魔が出てくる話を読んでもらった時には恐くて泣き出してしまい、そんな瑠璃子に彼らは慌てて謝ってくれ、涙を拭《ふ》いてくれた。そんな懐かしい思い出も、つい昨日のように思い出す事ができる。

彼らは頼もしく、あたたかく、親切で、瑠璃子は二人をまるで本当の兄のように慕っていた。

「それは嬉しいな。まあ、どちらにしろ、知らない女学生とつき合うくらいなら、私達はこうして瑠璃子と会っていたいがね」

「――――」

思いがけない事を言われて、瑠璃子は言葉に詰《つ》まってしまう。自慢の従兄弟である彼らにそんなふうに評されて、十四歳の瑠璃子には何と返したらいいのかわからない。彼らは兄のようなものなのに。

「どうした？　照れたのか」

春隆の笑いを含んだ声に、瑠璃子は朱《あか》く染まった顔を上げた。

「……鈴一郎様はやっぱり意地悪です。春隆様も」

拗《す》ねたようにそう言うと、彼らは顔を見合わせて噴き出す。

「悪かったな」

「瑠璃子が可愛いからだよ。ついからかいたくなる」

「もう――――知りません」

子供扱いされたのだと思い、ついむきになってしまう。もうそろそろ縁談の話も舞い込んでいい年頃になったのに。現に瑠璃子の同級生は、幼い頃からの許嫁《いいなずけ》がいる娘も少なくはない。

「詫びにこれをやろう。英吉利《イギリス》の商人が持ってきたものだ」

春隆がテーブルの上に小さめの箱を置き、瑠璃子の方に押しやった。箱には赤いリボンがついている。

「私にですか？」

「ああ、開けてごらん」

鈴一郎の言葉に、瑠璃子はそっとリボンを解き、箱を開けた。

「綺麗――」

箱の中には、色硝子《いろがらす》でできた小物入れが入っている。硝子の様々な色合いは、この国ではちょっと見ないめずらしいものだ。

「ここよりずっと遠くの、アラビアの国から英吉利に渡ってきたものらしい。瑠璃子はこういうものが好きなんじゃないかと思ってな」

説明する春隆に、瑠璃子は即座に反応を返す。

「アラビアンナイトの国ですね」

「そうだよ。瑠璃子は物知りだな」

鈴一郎に褒められ、少し面《おも》はゆくなった。

「本で読みました。まあ、そんなに遠くから渡ってきたのですね――――。ありがとうございます。大事にいたします」

丁寧に箱に戻し、リボンをかける瑠璃子を彼らは満足げに見やっている。やがて口火を切ったのは鈴一郎だった。

「ところで瑠璃子。君に結婚の話は来ているかな？」

「結婚――――ですか？」

その時、失礼します、と声がかけられて、テーブルの上の紅茶がつぎ足される。瑠璃子よりも少し年上くらいの少女だった。ここに、奉公に来ているのだろう。彼女はカップを紅茶で満たすと、一礼してテラスを出て行った。

「父が決める事ですから……私にはわかりません」

答えながら、瑠璃子はつと睫《まつげ》を伏せる。この先、瑠璃子が誰かの元に嫁いだら、こうしてここに来る事もなくなるのだろうか。

彼らに会えなくなるのは寂しい事だ、と感じた。

「……そうか」

彼らはその事については、それ以上は何も言わなかった。

晴天の空を鳥が横切っていく。それは庭に繁《しげ》った樹の中に突っ込み、まるで樹木に食べられてしまったように、しん、と羽ばたきを消した。

「本当に見事な打《う》ち掛《か》けだこと。ねえ瑠璃子」

「ええ、そうねお母様」

座敷には花嫁衣装である白無垢《しろむく》が飾られていた。婚礼の日まで、あと一月もない。

「城田《しろた》子爵はとても立派な方だし——、少し年は離れているけれど、きっとあなたを大事にしてくださるわ」

「……ええ、そうねお母様」

瑠璃子は先ほどと同じ返事を口にしていた。どうしてだろう。心がちっとも浮き立たない。

瑠璃子は黛家の長女として生まれた。家は江戸以前から続く大店《おおだな》を営んでいて、この結婚は家のために必要なものだった。瑠璃子の家は衣服や小間物《こまもの》を扱っていたが、最近の商いがうまくいっていないようだという事を瑠璃子はなんとなく察している。そんな折り、たまたま店で接客をした相手の城田子爵が瑠璃子を見初《みそ》め、結婚を申し込んできたのだ。

城田は今年十八になる瑠璃子よりも、三十も年上だった。先妻を病で亡くし、二度目の結婚という事になる。そんな事も、瑠璃子の心が浮き立たない理由のひとつだった。

（お相手に文句をつけてはいけないのだけれど）

城田は、どう見積もっても美男とは言えなかった。体型も緩んでおり、瑠璃子とはまるで親子のようにしか見えなかったが、両親は城田が華族だという事もあって、この縁談に最初から乗り気だった。

（――いけないわ。いつまでも夢見がちになっていては。これは、家にとっても大事な事なのだもの。妻としてしっかり努めなくては）

瑠璃子は子供の頃からどこか夢想家で、絵物語を読んではしばらく空想の世界に浸《ひた》る事が度々あった。そんな中でも特に気に入っているのが、外国の物語にあった、花嫁が素敵な男性に攫《さら》われていかれるという話である。それは世間でははしたないと眉を顰《ひそ》められる類《たぐい》の本だったが、瑠璃子は人目を忍んでこっそりとそれを読みふけった。それに出てくる花嫁を攫っていく男性の逞《たくま》しさ、美しさにすっかり夢中になってしまった事を覚えている。自分もそんなふうにされたら――と思うと、妙にどきどきして落ち着かない気分になったものだ。

だが、もうそんな空想からは卒業しなくては。

おそらく、城田子爵と結婚をすれば、この家は安泰《あんたい》となり、自分は堅苦しくも変化のない日々を過ごすことになるだろう。

結婚は現実だ。自分はこれから、子爵家の嫁としてしっかりしなくてはいけない。

「あなたも地に足をつけて、きちんとしないとね」

「嫌だわお母様。私ももう子供ではありませんのよ」

しかし、何故城田なのだろう——という疑問はある。

瑠璃子を華族に嫁がせたいのなら、もっと年の頃の合う相手がいる。鈴一郎と春隆もまだ独り身だと聞いているが、父母の口から彼らとの縁談を持ち出されたことは一度もなかった。

もっとも、瑠璃子自身は彼らをそういった対象として見るのはなんだかおこがましいような気がしている。妹のように思ってくれるだけで充分だった。だから、きっとこれでいいのだろう。

その時、外の廊下を慌ただしく走ってくる足音がして、瑠璃子は振り返る。

「誰です、騒々《そうぞう》しい——」

母が眉を顰めて呟いた時、座敷の襖《ふすま》が勢いよく開かれた。

「奥様——瑠璃子様！」

住み込みの使用人であるサトが、血相を変えて飛び込んで来た。彼女は夫婦でこの家で働いていて、肝っ玉の太さは自他共に認めるほど度胸のいい使用人である。そんなサトがこれほどに動揺しているのは、よほどの事態という事か。

「どうしたのです、サト」

「じ……実は、たった今、子爵様のお屋敷から使いがあって――」

瑠璃子は頭の隅に、ふと、予感めいたものを感じた。

「城田子爵が、馬車で事故に遭い、亡くなったと――」

「なんですって!?」

母の悲鳴じみた声が部屋に響き渡る。

瑠璃子はその場から動けず、一言も発する事ができなかった。

ただ、何かが変わる、と思った。

「――馬車が崖から落ちたそうです。手綱《たづな》が切れて、崖の上には馬だけが残っていたと。崖下から御者《ぎょしゃ》と、主人の遺体が――」

子爵家の執事を務めているという男は、沈痛《ちんつう》な面持ちでそう語った。顔が紙のように白い。

（お気の毒に。主人を亡くして、さぞ気落ちしている事でしょう）

瑠璃子は彼が可哀想でならず、男の前に熱い茶を置いた。

「どうぞ。飲んで、落ち着かれてください」

「これはかたじけない――。瑠璃子様には、なんと言ってお詫びすればいいのか……。せっかく、式の日取りも決まっていたというのに」

「私の事はいいのです。それより、城田様のお家の方が大変でしょう。こちらは気になさらず、早く戻ってあげてください」

「――瑠璃子、何を人ごとのように……！」

母は思わずといったふうに声を荒げたが、瑠璃子は静かに首を振る。こんな悲しい事が起こったのだ。それを嘆いている人の前で、結婚ができなくなったのを責める事はできない。

瑠璃子の父は、その場で岩のように押し黙っていた。父もまた、考えている事は瑠璃子の結婚の事なのだろうか。城田子爵が亡くなったとあれば、瑠璃子の縁談も宙に浮き、家の商売への援助もなくなってしまう。

悲しい事、困った事が同時に起きている。こんな時はどうすればいいのだろう。

（絵物語のように、頼もしい殿方が現れて助けてくれたら）

瑠璃子は思わず詮《せん》ない事を考えてしまう。途方《とほう》に暮れている両親のためにもどうにかしてやりたかったが、まだ十八である女の身ではどうする事もできない。

（私ときたら、許嫁を亡くしたばかりなのに浅ましい事を考えて）

瑠璃子は自分を恥じた。己が今考えるべきなのは、城田子爵を悼《いた》む事なのに。

城田家の使いが帰ってから、父と母は瑠璃子を部屋に戻した。おそらく今後の事を話し合うつもりなのだろう。

瑠璃子の部屋は八畳の畳敷《たたみじ》きの部屋で、机と箪笥《たんす》、そして鏡台がある。机の上には、色硝子でできた小物入れがあった。これは以前に従兄弟からもらったものだ。確か英吉利みやげだと言っていたっけ。

赤や青、黄色に紫と、色鮮やかな硝子にそっと指を触れさせる。そんな瑠璃子の脳裏に、彼らの姿がふと浮かんだ。

城田子爵の初七日《しょなのか》を迎えた日だった。瑠璃子が店に出ていると、そこへ思いもかけない客が現れ、思わず瞠目《どうもく》する。

「やあ、瑠璃子。久しぶりだね」

「元気にしていたか？」

洋装姿の長身の男二人は、店の中で嫌でも人の目を引いた。

「……鈴一郎様、春隆様……！」

従兄弟である小田切鈴一郎と、その二つ下の弟、春隆がやってきた。小田切家は伯爵家であり、母の縁に当たる。鈴一郎は小田切家の家督を既に継いでおり、手広く外国との貿易を手がけていた。

「少し見ない間にずいぶん綺麗になったね」

「ああ、それにとても女っぽくなった」

直接的な賛辞に思わず頬を朱に染めてしまう。鈴一郎はすらりとした長身で、外国人にひけをとらないほど手足が長い。端麗《たんれい》な顔立ちと知性的な瞳を持っていて、その立ち振る舞いは西洋人を思わせるほどに洒脱《しゃだつ》だった。

春隆は兄とはまた違った彫りの深い顔立ちをしている。兄が柔なら春隆は剛といった感じで、どこか荒削りで野性的な印象を漂《ただよ》わせていた。華族達が集まる社交界では、彼ら兄弟は女性達から熱い視線を送られていると噂で聞いた事がある。瑠璃子がもう少し小さな頃は、お互いの家とも行き来があり、彼らに可愛がってもらっていたが、ここ数年は顔を合わせる事もあまりなくなっていた。瑠璃子が年頃になり、間違いを起こすのを母が避けていたようなのだ。

「嫌ですわお二人とも。そんなふうにからかわれては」

それでも瑠璃子は、彼らの事を家族同然に思っていた。家格の違いはあるやもしれないが、二人は瑠璃子を本当の妹のように接してくれていたのだ。

「からかってなんかいないさ瑠璃子、その証拠に、今日は大事な話をしに来たんだ」

鈴一郎が穏やかながら真剣な目をして瑠璃子に告げる。

「……え？」

「ご両親には手紙を送っておいた。約束は告げてあるはずだが」

春隆の言葉を、瑠璃子は戸惑いながら受けた。

「……少々お待ち下さいませ」

瑠璃子は彼らの前から辞すと、家の中で帳簿をつけている父と、その横で商品の整理をしている母の元に急いで行った。小田切兄弟の来訪を告げると、二人は顔を見合わせ、神《しん》妙《みょう》な表情で父が口を開く。

「――応接間にお通ししなさい」

「はい、お父様」

指示を受け、瑠璃子は二人を家の中に招き入れ、応接間に通した。茶を淹《い》れて戻ってくると、両親と小田切兄弟が向かい合って座っている。いったいどんな話なのかと気になったが、はしたないと思われるのも嫌だった。ぺこりと頭を下げ、その場から立ち去ろうとする。

「――瑠璃子。君も聞いていてくれないか」

「鈴一郎君、それは――」

「叔父さん、彼女の将来にも関わる事です。同席してもらった方がいい」

鈴一郎の声に一度は異を挟んだ父だったが、春隆の後押しもあり、父は瑠璃子にここにいるように命じた。

「……はい」

瑠璃子は父の後ろに控えるように座ると、ためらいがちに彼らを見つめる。

彼らはいったいどんな用向きがあってここに来たのだろう。瑠璃子の胸が、訳もなく騒いだ。

「まず、瑠璃子さんの縁談相手の事は残念でした。城田子爵は私達も知らない間柄ではありません。まだ婚姻前とはいえ、お悔やみを申し上げます」

「いや、これは丁寧に——」

鈴一郎の言葉に、父と母は恐縮して頭を下げる。だが鈴一郎は、そのすぐ後に続けて言った。

「それを承知の上で申し上げます。私どもは、瑠璃子さんを正式に小田切家の妻に迎えたいと思い、今日はそのお願いに上がりました」

「——！」

「なん……ですと」

鈴一郎の最初の言葉から、瑠璃子はてっきり、彼らがわざわざ慰めに来てくれたのかと思っていた。それは両親も同じだったようで、今は二人とも困惑したような顔で互いに顔を見合わせている。

「それは、鈴一郎さんの妻にという事でしょうか」

母が遠慮がちに問うと、鈴一郎はその端整な顔に柔らかな微笑みを浮かべ、弟の春隆をちらりと見やった。春隆もまた男らしい口元の端を引き上げ、笑みを形づくる。

「それは、瑠璃子さんが決める事です」

「はい――――？」

春隆の答えに、母は首を傾げた。それを受けて、鈴一郎が再び告げる。

「私達は、どちらも瑠璃子さんと結婚したいと思っています。二人で何度も話し合ったが、どうにも結論が出ない。ならば仕方ない、瑠璃子さんに私達のうちどちらかを選んでもらおうというわけです」

両親は呆気にとられ、瑠璃子もまた頭が真っ白になりそうになった。この魅力的な従兄弟達が、本当に自分と結婚したいなんて思っているのだろうか。

「さしあたって、瑠璃子さんには小田切家へ移り住んでもらおうと思っています」

「婚儀も済まないうちからそんな事はしたない。承服《しょうふく》しかねる」

父が首を振ると、まるでそう言われるのをわかっていたように春隆が続けた。

「奉公という名目ならばいいでしょう。実際に我々の仕事を手伝って頂くつもりでいます」

「……そんな、貿易のお仕事なんて、できません」

瑠璃子が尻込みして思わず口を挟むと、彼らは瑠璃子に視線を向ける。

「君は、フランス語が得意だと聞いたが」

「は、はい、それは――、でも」

確かに瑠璃子は女学校でフランス語に興味を持ち、原書を読み、詩の暗唱や日常会話ならこなせるまでになっていた。だが、実際に業務レベルともなると、自分の語学力で通用するのかという不安がある。

「別にフランス人と交渉しろなんていうつもりはない。辞書を見ながらでも、書類を翻訳してくれればそれでいい」

それならば自分にもできそうだ、と思ってから、瑠璃子は自分が彼らのところに行くつもりでいるのに気づき、恥じ入った。

(私ったら、なんてはしたない)

「いかがでしょう、叔父さん。そちらにとっても、悪い話ではないと思います。私達なら、城田子爵よりもお力になれると自負しておりますが」

鈴一郎にそう言われ、両親がぐっ、とつまる様子が見える。揺れているのだ。

「しかし――君達は――」

「叔父さん」

鈴一郎がゆっくりと父を呼ぶ。どうしてだろう。父は額に汗をかいているように見えた。

「私達のどちらと結婚するにせよ、瑠璃子さんの事は大事にします。そしてあなた方の家の事も。お互い、悪い話ではないはずです」

「――……」

「――あなた」

母が小さな声で父を呼んだ。まるで促《うなが》すように。

その場に長い沈黙が訪れる。息苦しくなるような空気の中で、鈴一郎と春隆の兄弟二人だけが泰然《たいぜん》として構えていた。

「――承知した」

やがて父が重々しく口を開く。その瞬間に自分の運命が決まったのだと瑠璃子は悟った。

「娘を、くれぐれもよろしくお願いいたします」

父に倣《なら》い、母も頭を下げる。瑠璃子も慌てて頭を垂れた。

「ありがとうございます。――瑠璃子さんの事は、必ず幸せにします」

自分は彼らのうちどちらかと結婚するのだ。まだどこか他人事のように思いながら、瑠璃子は顔を上げてちらりと彼らを盗み見る。

するとと、鈴一郎と春隆もこちらを見つめていた。

「そういう事になった。異存はないね、瑠璃子」

「わ――――私は、父の決めた方の元へ嫁ぐだけです」

「つれないな。少しは嬉しいと思ってくれないのか？」

　春隆に笑われて、瑠璃子は少し困ってしまう。彼らの事は好きだ。小さい頃から、二人は瑠璃子にとても優しくしてくれた。だがそれは家族に対する情のようなもので、今すぐ結婚相手として意識しろと言われても難しい。

「お二人は私にとって、もったいないほどのお方です」

（なのに、どうしてお父様とお母様は、あまり乗り気じゃないみたいなのかしら）

　以前にそう思った時は、きっと色々と事情があるのだろうと考えたが、今こうして両親の反応を目の前にすると、なんだか不思議な思いが湧き上がってくる。

　それでも、まったく情のない男の元に嫁ぐよりは幸せなのではないかと、瑠璃子はこの時思ったのだった。

「……相変わらず、大きいお屋敷」

以前ここに来た時もそう思ったのを覚えている。あの頃は、ずいぶん小さかったが。

「お嬢様、では、お名残惜しゅうございますが……」

「ええ、サト、身体に気をつけてね」

「はい、お嬢様も」

小田切家に入ったら、しばらく家には帰れないだろう。瑠璃子は発《た》つ前の両親の顔を思い出した。胸の奥に寂しさが込み上げてくる。目の端を拭《ぬぐ》っているサトを見ていると自分も鼻の奥がつん、となったが、涙を流すのはぐっとこらえた。

「お父様お母様をよろしくね」

心配そうにしていた両親を安心させたい。そう思って気丈に振る舞い、瑠璃子は子供の時から自分の面倒を見てくれたサトと別れた。

（――いよいよだわ）

瑠璃子は気を引き締めて小田切家の玄関の前に立つ。小田切邸は西洋風の建築で、立派な玄関ポーチがあり、そのドアは重厚さを感じさせた。しばらく迷ってから、ドアにつけられている輪の形をしたものを握り、ゆっくりと二度鳴らす。少し待つと人の気配がした。目の前で重そうな音を立てて扉が開いた。

「――こんにちは」

てっきり老執事のような人が出てくるものだとばかり思っていたが、迎え出たのは意外に年若い女性だった。瑠璃子よりは年上に見えるが、あまり変わらないかもしれない。小袖の上に西洋の白いエプロンをして、髪は編み込んで結《ゆ》っていた。

「私、黛瑠璃子と申します。本日よりここでお世話になります」

女性はおそらく使用人だろうが、無表情に瑠璃子を見ていた。その冷ややかな眼差しに違和感を覚え、困惑しはじめた時、ふいに家の中から声がかかる。

「――やあ、瑠璃子、待っていたよ」

ホールの奥から鈴一郎と春隆が出てきた。女性は脇に控え、彼らに向かって一礼する。

「ふつつかものではありますが、よろしくお願いいたします」

いずれは妻としてここに入るとしても、今の瑠璃子の立場は彼らの貿易会社の社員見習のようなものだ。わきまえなくてはならない、と思い、折り目正しく挨拶をする。

「もっと気楽にしていていいんだぞ。――初江《はつえ》、荷物を持っていってやれ。それから部屋に案内を頼む」

「かしこまりました。旦那様」

春隆に初江と呼ばれた女性は、事務的に返事をすると瑠璃子の手にしていた鞄をひったくるようにして持つ。思わず目を丸くした瑠璃子に、「こちらへ」とだけ言い捨てて、さっさと階段を上がっていってしまった。

「落ち着いたら、二階の書斎《しょさい》へおいで」

「は、はい」

慌てて返事をして、瑠璃子は足早に初江の後を追う。小田切邸は玄関を入ってすぐがホールになっており、そこから二階へ続く階段が伸びていた。

見れば初江はさっさと上の方まで上がってしまっている。瑠璃子は急いで彼女の姿を追う。

「すみません」

初江の背まで追いつくと、彼女は持っていた瑠璃子の鞄を、つっけんどんにこちらに押しつけて返してきた。

「自分で持ちなさいよ」

「あ、はい、ごめんなさい」

大きな鞄を咄嗟に抱え直して、瑠璃子は前を歩く初江の背を戸惑いがちに見つめる。すると視線に気づいたものか、初江がきつい表情で振り返った。

「あなたの部屋はここよ」

鍵を開け、招き入れられた部屋は見た事のない調度で整えられていた。薄い桃色の壁紙と、あたたかな茶色のカーテンが統一感を出している。洋風の箪笥の上には金色の置き時計が飾られており、美しい流線を描くテーブルには花が活《い》けられていた。部屋の奥にあるベッドの上には鮮やかな織物がかけられている。

「なんて素敵なお部屋」

江戸から続く瑠璃子の家とは大違いだった。畳の生活しか経験のない自分にとって、この部屋はまさに絵物語のお姫様が住んでいるようである。

「本来なら、ご自分で掃除していただくところを、旦那様方の命令で特別に私が掃除しました」

「そうでしたの。どうもありがとうございます。では、これからは私が自分でお掃除いたしますね」

気分が浮き立つままに初江に礼を述べると、彼女はますます不機嫌になったように口を引き結んだ。その顔を見て、瑠璃子は何か自分が失態を犯したのかと思ってしまう。

「……旦那様方のどちらかが、あなたを娶《めと》るようですが、それならばこの家の奥向《おくむ》きの事も覚えていただかねばいけません。小田切家の名に恥ずかしくないように、しっかりとお仕事をなさってくださいね」

「はい、未熟者ではありますが、どうぞよろしくお願いいたします」

　この家では初江が先輩である。ならば彼女の指示を仰《あお》ぐのは当然のことと、瑠璃子は素直に頭を下げた。

「――あなた、私を馬鹿にしているの？」

「……え？」

　だが、唐突な詰問《きつもん》に、瑠璃子はきょとんとして顔を上げる。

「あの、私、何か失礼を――……？」

「もういいわ。早く荷物を置いて、旦那様の言う通りにしなさい。書斎はここを出て右の突き当たりの部屋よ」

　初江はぷいと顔を背けると、そのまま部屋を出ていってしまった。

（どうしたのかしら。私、何か粗相《そそう》をしてしまったの？）

　瑠璃子は細い首を傾げてみる。だが、いっこうに思い当たる節がない。

（きっと、私が来たばかりでまだうまく距離がはかれないのかもしれないわね。今度こちらから声をかけてみよう）

これから同じ家で暮らすのだもの。仲良くやっていきたい。

瑠璃子は気を取り直すと、鞄を床に置き、書斎へ向かうべく廊下に出た。板張りの床は歩くと微《かす》かに音を立て、夜になったら少し怖そうだな、と感じる。

書斎はすぐにわかった。突き当たりの部屋に、本の模様が刻まれたプレートがかかっていたからだ。

ぎこちなく二度、扉を叩く。すると中からお入り、という声が聞こえた。

「失礼いたします」

そっと扉を開けると、そこには壁一面の本棚があった。天井近くまである棚のほとんどに本が並べられ、その壮観《そうかん》さに瑠璃子は思わず息を漏らしてしまう。

「やあ、待っていたよ瑠璃子」

「こっちへおいで」

そして中央にはテーブルが置かれ、椅子とソファが並べられていた。彼らは椅子の方に座っていて、瑠璃子を見て柔らかく微笑んでいる。何故かほっとするような気持ちになった。

「ここにお座り」

鈴一郎が手招きする。瑠璃子は言われるままにソファに座った。思っていたよりも深く身体が沈んで、思わずバランスを崩しそうになる。

「きゃ……」

「おっと、大丈夫か？」

すかさず腕を伸ばして倒れそうになった身体を支えてくれたのは春隆だった。

「す、すみません、ありがとうございます春隆様」

「ここでは椅子の生活になるからね。まあ、すぐに慣れるよ」

来て早々みっともないところを彼らに見せてしまい、瑠璃子は恥ずかしさで顔が赤くなる。その時ノックの音がして、初江がお茶の用意をして入ってきた。

「旦那様方、お茶をお持ちしました」

「ああ、ありがとう初江」

初江がワゴンを押して部屋に入ってくる。瑠璃子は自分がやらねばならないかと、立ち上がって初江を手伝おうとした。

「私がやります」

「いいんだよ瑠璃子。君はそんな事しなくて」

「でも……」

先ほど、奥向きの事を覚えろと、初江にも言われたばかりである。

「お前はいずれこの家の妻になるんだ。使用人がいるんだから、俺達の仕事の手伝い以外はしなくていい」

「……はい」

鈴一郎と春隆にたしなめられ、瑠璃子は手を出す事を諦めてもう一度ソファに腰を下ろした。今度は気をつけていたので身体が傾く事はなかった。

初江は無言でお茶の仕度をしている。その手元を見て、瑠璃子はうかつに彼女の仕事を横取りしようとした事を後悔した。彼女が淹れているのは舶来《はくらい》の紅茶で、瑠璃子はその淹れ方をまだ知らない。

(あまり差し出がましくしても、何もできなくては意味がないのだわ)

初江も主人達の前では瑠璃子を叱れないのか、黙って紅茶を給仕すると、一礼をして出ていった。

「初江は仕事はよく出来るんだが、あまり愛想はよくない。だがよけいな事を言わないところが都合がよくてね。もしかして気に障る時があるかもしれないが、大目に見てやってくれ」

「はい、もちろんです」

もしかしたら彼女は人と接する事があまり得意ではないのかもしれない。それなのに、瑠璃子に家の事を教えようとしてくれたのだ。感謝こそすれ、気に障るなどという事はない。鈴一郎が言うのなら尚更だ。

「だが、どうしても我慢ならない時は俺達に言うんだ。すぐに処分する」

「そんな。春隆様。瑠璃子は大丈夫です」

鈴一郎が鷹揚《おうよう》な分、弟の春隆はやや他人に厳しい所がある。けれどそれは自分自身にも厳しい事の証だ。瑠璃子は春隆を冷酷な人間だと思った事は一度もない。

「さて、瑠璃子。君はここに、夫を選びに来た。私達の仕事を手伝うというのは、君の両親を納得させる口実に過ぎない」

「私が選ぶ……というのは、おこがましいような気がします」

自分はこんなに素敵な男性二人を選べる立場にはない。実家のための結婚とはいえ、瑠璃子は彼らが嫌いではなかった。いや、むしろ親愛の情すら抱いているのだ。

「いいや、瑠璃子、お前が選ぶんだよ。何故なら」

春隆が椅子から立ち上がり、ゆっくりと瑠璃子の隣に腰を下ろす。男性とこんなに近くに接近した事はなくて、思わずどきりとした。身体が緊張していく。

「私達は今や君を女性として、性愛の対象として見ている」

春隆の言葉の後を鈴一郎が継いだ。その、あからさまなほどの言葉に、瑠璃子の頬がカアッと熱くなる。

「な……、なにを…」

「お前ももう子供じゃない。俺達の気持ちも変わって当然だ」

今度は春隆が、低い諭《さと》すような声で告げる。

「俺達のうちどちらがお前を娶るかという事は、これまでにさんざん二人で話し合ってきた。だがそれでも結論が出る事はなかった」

そして春隆に倣うように、鈴一郎もまた、不可思議な微笑みを湛えながら春隆とは反対側に腰を下ろした。瑠璃子は彼らに挟まれるような形になってしまう。

「私達は二人とも、君を妻にしたいと強く望んでいたんだ」

「あ……あの」

そういえば、彼らからはまだ自分を娶る理由を聞いてはいなかった。あの時は、許嫁だった城田子爵が亡くなったばかりで、瑠璃子の両親も途方に暮れていた。そこへ従兄弟である彼らが現れて求婚され、驚くばかりで、その理由を考える間もなかったのだ。

「お二方は、何故、私を……？」

自分にそこまでの魅力や価値があるとは思えない。社交界でも花形だと噂される二人には、きっと瑠璃子よりも美しい、身分の高い女性が少なからず思いを寄せているだろうに。

「君よりも優しく美しい女性はいない」

「そんな、私なんかが……」

「俺達はお前が小さな頃から見守ってきた。どっちがお前を妻にするか決めかねている間にお前の婚約が決まってしまって、一時はどうなるかと思ったよ」

春隆が話している時に、鈴一郎が瑠璃子の手に指を絡めてきた。ハッとなってそちらを見やると、今度は春隆が同じように手を握ってくる。

「あ――……、あの」

胸が激しく高鳴った。耳と頬がじんじんと熱を持ち、それは瑠璃子の身体全体を包み込もうとしてくる。

「これから数日の間で君にそれを決めてもらう。どうか私を選んでおくれ、瑠璃子」

「それはないよな。お前が選ぶのは俺だろう？　瑠璃子」

二人の吐息が耳にかかりそうな程に間近に囁かれて、身体から力が抜けていきそうだった。

「そ――、そんな、私が、選べるわけが……」

「そうでないと、君は私達の気持ちを思い知る事になるよ」

困惑する瑠璃子に、鈴一郎はひどく官能的な声で告げる。

鈴一郎が瑠璃子にこんな言い方をするのは初めてで、困惑を禁じ得なかった。彼らは瑠璃子にとって、ずっと頼れる兄のような存在であり、同時に手の届かない憧れでもあった。

鈴一郎はこの時代の男性にはめずらしい柔らかい物腰の持ち主で、話題も広く、様々な会話で瑠璃子を楽しませてくれる。少し気まぐれな部分もあるが、それもまた彼の魅力のひとつでもあった。

弟の春隆は、その反対にやや無骨《ぶこつ》でとっつきにくい印象を覚えるかもしれないが、その内面は誠実で、話し方も決して乱暴なわけではない。ただ少し不器用なだけなのだ。そしてその不器用な優しさが、瑠璃子には頼もしく感じた。

彼らはお互いの足りないところを補い合い、完璧な調和を成しているように思える。だから、二人が揃っているところを見るのが好きだった。鈴一郎が時に瑠璃子をからかい、春隆がそれをとりなす。そんなやりとりが、ずっと続くと思っていたのに。

だが、彼らは瑠璃子を結婚の対象として見ていた。それは女として見ているという事だ。まるで兄のように接してきた彼らのうち、どちらかに嫁ぐ――――。それはこれまでの瑠璃子にとって思ってもみない事だった。考えるだけで恐れ多いことのように思える。

「私がどちらかを選んだら、もう片方の方はどうなさるのです」

「それもまた、結論のひとつだ。俺達はお前の選択に従おう」

低く甘い春隆の声。瑠璃子の背筋に、ぞくぞくとした波が走る。

（なに、これ――、こんなの……）

それまで知らなかった感覚に思わず細い肩を震わせた。年上の従兄弟二人から告げられた官能的な言葉に瑠璃子は怯え、けれど身体の奥から込み上げてくる何かに唇から熱い息を漏らしてしまう。それは決して嫌なものではない。むしろ心地よくさえあった。

「……ああ……」

無意識に零れてしまったあえかなため息を自分で聞きながら、瑠璃子は自分の中で何かが小さく芽吹いたのを、まだ気づく事ができなかった。

　瑠璃子は朝から自室で、鈴一郎から渡された書類とにらめっこをしていた。傍《かたわ》らにはフランス語の辞書がある。覚悟はしていたが、やはり貿易用の書類となると、専門用語も多く、わかりづらい。鈴一郎が一緒に渡してくれた用語の一覧がなければ、おそらくお手上げとなっていただろう。

（でも、これならなんとかわかるわ）

　最初はピンと来なかったが、全体をざっと摑めてくると、何が書かれているのか理解できるようになってきた。それを日本語に訳し、紙に書きつける。初めて任された書類を訳すまでに五日もかかっていたものが、今は一日あればできるようにまでなっていた。

（よかった。なんとか鈴一郎様達のお役に立てそう）

　瑠璃子は自分のフランス語が実際の仕事で使われるという事に喜びを覚えていた。世間では女が仕事をするのははしたないという声もあったが、自分の能力を使えるというのは望外《ぼうがい》に楽しいものだ。鈴一郎は、会社の手伝いをさせるというのは口実だなどと言ってはいたが、瑠璃子にきちんと仕事を与えてくれた。

「できたわ」

何度か見直しをし、ミスがないかどうか確認してから書類を揃える。鈴一郎のところに持っていこうと部屋を出ると、廊下で初江と行き会った。

「初江さん、お疲れ様です」

「……なんですって？」

瑠璃子が軽く頭を下げてすれ違おうとした時、初江が声を尖らせて瑠璃子に絡んでくる。

「瑠璃子さん、あなた、私がやっておいてと頼んだ台所の掃除がまだじゃないの」

「あ……、ごめんなさい。鈴一郎様のお仕事のお手伝いをしていたんです。これが終わったら、すぐにやりますから……」

鈴一郎と春隆は、瑠璃子には家の事はやらなくともいいと言ってくれたが、初江は掃除や片づけなどの奥向きの仕事を言いつけてきた。瑠璃子は家の中の事をやるのは嫌いではない。実家にいた時はなんでも手伝っていたし、この屋敷の中の事も当然やるつもりでいた。ただここは瑠璃子の家と比べて段違いに広いし、場所が違えば勝手も違う。それに瑠璃子は本来彼らの会社の仕事を手伝うというのが名目なので、どうしてもそちらを優先してしまいがちになった。

当然かもしれないが、初江はそれがひどく気に入らないようだ。主人である彼ら兄弟の目がないところでは、こうして瑠璃子に難癖《なんくせ》をつけてくる。

けれど、それは自分がいたらないせいだと瑠璃子は思っていた。自分はあまり要領がよくないのかもしれない。

「あなた、私達の仕事を馬鹿にしているの？　ちょっと外国語ができるからって、殿方と一緒の仕事をするなんて、差し出がましいのではないかしら」

「いいえ、そんな事は決して」

翻訳の仕事は、鈴一郎達の方からの要請だ。瑠璃子がやらせてくれと言ったわけではない。だが瑠璃子は初江にそれを弁明しようとはしなかった。すべて自分がこなせば済むだけの話だ。

「申し訳ありません。初江さん。鈴一郎様のところにこの書類を置いてきたら、すぐにとりかかりますから」

「もういいわ。あなたにまかせていたらいつまでたっても終わらないもの。私がやります」

「…………」

刺々しい言葉を残し、初音はぷいと顔を逸らして早足で去っていく。

どうやらまた怒らせてしまったようだった。瑠璃子は消沈し、思わず俯きそうになったが、すんでのところで気を取り直して顔を上げる。

こんな事でめげてはいられない。

自分はいずれこの家に妻として入るのだもの。今は、与えられた仕事を精一杯果たさなくては。

鈴一郎の仕事部屋は、瑠璃子の部屋と玄関ホールを挟んで反対側にあった。春隆の部屋もその近くにある。今日は春隆は所用で出かけていて、鈴一郎が屋敷に残っていた。

「鈴一郎さん、瑠璃子です」

焦《こ》げ茶色のドアをノックすると、いつもの落ち着いた鈴一郎の声がする。瑠璃子はドアを開けると、部屋の中に足を踏み入れた。

「おはいり」

鈴一郎は私室と仕事部屋を分けていたが、私室にはほとんど寝に帰るだけだと言っていた。書斎よりは少ない書物が一方の壁面を埋め、反対側の壁には資料とおぼしき紙の束《たば》や帳簿が重ねられた棚がある。その間にはテーブルとソファがあり、鈴一郎の執務机はその向こう、窓の手前にあった。

「契約書の翻訳が終わりましたのでお持ちしました」

「やあ、早かったね。もうできたのかい」

窓から差し込む陽が、日本人にしてはやや明るい鈴一郎の髪をきらきらと輝かせている。瑠璃子がその眩しさに思わず目を眇《すが》めると、彼はまるで絵物語の異国の王子のように雅《みやび》な笑みを浮かべた。

「ご苦労様。見せてくれるかい」

「はい」

瑠璃子はどきどきしながら書類を差し出す。鈴一郎は受け取ったそれに目を通し、確認した。ちゃんと出来ているだろうか。彼らを失望させるような真似はしたくなかった。家のためというのもあるが、瑠璃子は彼らに喜んでもらいたいのだ。

「――うん、大丈夫だ。よくできている」

「ありがとうございます」

頷く鈴一郎を前にし、瑠璃子はほっと息をつく。

「瑠璃子は優秀だね。仕事の呑み込みも早い」

「そんな事はありません。鈴一郎様と春隆様の教え方がいいのです」

褒められて、瑠璃子の頬が紅潮した。役に立てたという喜びが身体中を満たす。

「それじゃ、また新しい仕事を頼もうか。そこにかけて」

「はい」

鈴一郎が指し示したソファに腰を下ろすと、彼はすぐに何枚かの書類を手にやってきた。ところが、てっきり向かい側に座るものだと思っていた鈴一郎が、瑠璃子のすぐ脇に腰掛けてきた。

「――――」

思わず動揺しかけたが、きっとこの方が説明しやすいからだ。瑠璃子はそう自分に言い聞かせて、彼の話す言葉を懸命に理解しようとする。だがうまく集中する事ができず、三度も彼に確認をさせてしまった。せっかく褒められたばかりなのに。

「少し難しかったかな？」

「いえ、申し訳ありません。ちゃんとやれます」

「気負わなくていいからね。わからない事があったら、いつでも聞きにくるんだよ」

「はい。ありがとうございます」

優しい言葉をかけられて、つい涙ぐみそうになった。先ほど初江にきつい態度をとられたのがやはり堪《こた》えていたのかもしれない。

「瑠璃子？」

「なんでもありません」

瑠璃子は努めて彼に笑顔を向けようとした。家の事ができないとは思われたくない。

「確かに、少々気を張っていたようです。鈴一郎様に褒められて、つい気が緩んでしまいました」

あまり乗り気ではなかったとはいえ、突然許嫁を亡くし、不安になっていたところへ彼らは颯爽《さっそう》と現れて瑠璃子を攫っていった。そして慣れない場所で懸命に勤めを果たそうと必死になり、少し気持ちが疲れていたのも事実だったのだ。

「鈴一郎様がお優しいので、甘えてしまいそうですわ」

「甘えてもいいんだよ」

その時、鈴一郎の腕が瑠璃子の肩に回り、ぐっ、と力強く引き寄せられる。彼の胸の中にすっぽりと収められてしまい、瑠璃子は激しく動揺した。

「あ、り、鈴一郎様っ……」

「――私は君の夫として、少しは近づけたのかな？」

鈴一郎の声音がふいに低く、男の匂いを濃く滲ませたものに変化する。そんな声を耳元で聞かせられて、瑠璃子は身体から力が抜けていきそうになった。

「それは……どういう……」

「私は春隆を出し抜けたかな、と聞いているんだよ」

その言葉に、瑠璃子は微かに瞠目する。彼らはやはり本気で、瑠璃子に自分達のうちのどちらかを選ばせるつもりでいるのだろうか。

「そんな……、そんなの、わかりません……」

「どうしてだい？」

「だって、お二人とも、私が子供の頃からの憧れでしたから……。そんな、どちらかだなんて……」

物腰の柔らかい知的な鈴一郎と、男っぽく、どこか危険な感じのする春隆。彼らはそれぞれ違う印象を持ちながらも、瑠璃子にとってはまるで別世界の、魅力的な年上の男なのだ。

「しかたのない子だ」

長い指でついと顎を持ち上げられ、鈴一郎の顔が近づいてくる。

「目は閉じておいで」

言われるままに瞼を閉じると、唇を熱い感触が覆った。

（え……？）

それが口づけだとわかるまでに数秒を要した。彼は瑠璃子の唇をそっと、幾度《いくど》も啄《ついば》むと、角度を変えながら少しずつ深く口づけてくる。

「あ、ふ……んっ」

生まれて初めての経験にどうしたらいいのかわからず、ただ熱い吐息だけが唇から漏れてしまう。

（私、鈴一郎様と――、接吻《せっぷん》、している）

瑠璃子がそれを自覚するのを待っていたかのように、その瞬間に口づけがさらに深くなる。

「ん、んん…ん」

歯列を割って、鈴一郎の舌が口腔《こうこう》に侵入してきた。驚いて奥で縮こまる舌を捕らえられ、強引に搦《から》め取られて吸われる。その度にびくびくと身体が震えた。

瑠璃子が知っている接吻とは、軽く静かに唇を触れ合わせるだけのものだ。こんな、はしたない、淫らなものは知らない。

「んん…っ、ぁ、ふ――…ん」

（だめ。こんなの――、しては、いけないわ。でも）

気持ちがいい。

鈴一郎の手管《てくだ》は巧みだった。敏感な口腔を舐め上げられ、瑠璃子はあえかな声すら漏らしてしまっている。身体中の力が抜けてしまい、口づけられていくらもしないうちに、瑠璃子は全身を鈴一郎の腕の中に預けてしまっていた。

「……瑠璃子。好きだよ」

「……りん、いちろう、さ…ま」

低く甘い声で囁かれて、夢見心地になる。そのまま再び目を閉じそうになったところで、瑠璃子はハッとした。

鈴一郎の手が、着物の襟元から中に差し入れられていく。

「……あ、あ…の」

「少しだけだ。いいだろう?」

ここに来て、瑠璃子は大事な事を忘れていたのに気づいた。

彼らと結婚するという事は、当然こういった行為をするという事だ。

だが瑠璃子はこれまで、鈴一郎に性愛の感情を抱いた事はない。なのに今瑠璃子を抱き締めている彼は、いつもの彼とはよく似ているようで、まるで別人のようにも思えた。

――鈴一郎様も、こんな顔をなさるの。

瑠璃子の胸に、不安と背徳感のようなものが湧き上がる。

彼と、鈴一郎と、こんな事をしてしまって本当にいいのだろうか。

だが瑠璃子に、嫌と言えるはずもなかった。それでも初めての事で、怖さが先に立つ。

「悪いようにはしない。私を信じて」

「……………」

鈴一郎が自分を悪く扱うはずがない。そうは思うのだが、こんな時どう振る舞ったらいいのかわからない。激しく困惑する瑠璃子の唇に、鈴一郎が再び口づけてきた。それは先ほどの接吻よりももっと深く、淫らで、頭の中がぼうっとしてしまう。身体から勝手に力が抜けていった。

「……あっ」

鈴一郎の大きな手に、丸い乳房が包まれる。ゆっくりと指と掌《てのひら》で揉まれ、捏《こ》ねられると、身体の奥からなんともいえない感覚が込み上げてきた。

「……っ、あ…っ」

「君は着やせする質《たち》なのかな。意外と豊かな胸だ。……いや、意外と、だなんて失礼だったな」

「……は、恥ずかしい……、です、ああ……」

こんな昼間から、彼の仕事部屋で胸を揉まれている。あまりはしたない真似をしてはいけない。そう思って我慢しようとしたが、鈴一郎の指はそれを許さなかった。

「もっと、身を委ねてごらん」

彼の誘惑の声が耳をくすぐり、官能を刺激していく。まるで魔法にでもかけられたかのようだった。

「柔らかい。いやらしいね」

その言葉が、瑠璃子の神経をカアッと熱くさせた。時折強めに揉まれると、その度に身体がびくん、と跳ねる。

「可愛いよ。敏感なんだね」

「ん…っ、あっ！　あ、やあっ、そ、そこ…っ」

潜り込んだ鈴一郎の手の指先が、乳房の先端の突起を捕らえた。そこを優しく転がすように弄《いじ》られると、泣きたくなるような刺激が襲ってくる。脚の間が堪《こら》えようもないほどに熱くなり、衝動のままに太腿《ふともも》を擦り合わせた。

こんな感覚は知らない。何か途轍《とてつ》もなく不道徳な事をしているように感じて、自分を律しようとすればするほど底なしの沼に引きずり込まれていくようだった。

「あ…あ、お、お許しください…っ、それ、は、あんんっ…」

「乳首を少し弄っているだけなのに、そんなに感じて」

身体の状態を指摘されると、恥ずかしさで死にそうになる。彼がそこで細かく指先を動かす度に、胸の先からくすぐったいような、甘く痺れるような快感が身体全体へと広がっ

ていった。

「ん、も…ぉ、やめ、て、そこを、弄らない、で…っ」

嘘だった。本当はもっと弄って欲しい。けれどそれはあまりにも恥ずかしくて、自分の身体がどうなっていくのか空《そら》おそろしかった。

「……いいよ。今日はね」

鈴一郎の唇が頬に押し当てられ、胸元から手が抜かれる。瑠璃子はほっとすると同時に落胆を覚えて、そんな自分の反応に震えてしまった。

「嫌われても困るから、今回は引いてあげよう。本当はもっと君が欲しいけどね」

「……ご、ごめんなさい」

乱された襟元を整えながらも、瑠璃子は彼にどんな顔を向けたらいいのかわからなかった。嫌ではなかったのだ。ただ、自分が怖かっただけで。

「男と女がする事には、世間は眉を顰めがちかもしれない。だけど、私は瑠璃子をとても愛しく思っているし、悦《よろこ》ばせてあげたいと思うよ」

「はい……」

答える声が消え入りそうになってしまう。羞恥で火照《ほて》った頬を押さえるように手で触れてみると、ひどく熱かった。

鈴一郎様が望む事を、拒んではいけなかったかしら。

ふとそんな考えが頭をよぎったが、春隆の事が思い出される。

（どちらが娶られるか決まるまでは、こういう事をしてはいけないわ）

貞節は大事だもの。瑠璃子はそう思い直し、しつこく身体に燻る熱を追い出そうと努めた。

「もう戻ってもいいよ。じゃあ次の書類をよろしくね」

「はい。失礼いたします」

鈴一郎は何事もなかったように瑠璃子を送り出してくれる。いつまでもどきどきしている自分の方がいやらしいのではないか。そんな思いに駆られ、慌てて彼の仕事部屋を辞した。

自分の部屋に戻る最中で、階段を上がってくる初江に出会う。

「瑠璃子さん。御夕食の用意を手伝っていただきます」

彼女は相変わらずきつめの口調で瑠璃子に告げた。いったい何がそんなに気に入らないのか、こめかみがぴくりと動いている。

「わかりました。書類を部屋に置いたら、厨房にうかがいます」

だがそんな初江の態度も、今の瑠璃子には気にならなかった。頭の中がどこかふんわりとして、聞こえてくる声が一枚膜を通したように丸くなる。

(私、どうしてしまったのかしら。鈴一郎様は私に何をしたの?)

身体の大事なところにかけられた鍵を緩められてしまったような感覚。

それが外された時にはいったいどんな事が待ち受けているのだろうか。

「――瑠璃子さん?」

「なんでもありません。初江さん、今、参りますね」

いぶかしむ初江を残し、瑠璃子は自分の部屋へと戻っていく。そんな自分の背に突き刺さる視線も、瑠璃子は気にならなかった。

「今日の吸い物は一際いい味だな」

夕食の席で、春隆が感心したように呟いた。

「ああ、私もそう思っていた。これまでのも悪くないが、これは美味《うま》い」

瑠璃子の向かいの席に座る春隆と鈴一郎が口々にそう言うのを耳にして、瑠璃子は嬉しさで胸がいっぱいになる。今夜の汁物は瑠璃子の手によるものだ。初江に『野暮《やぼ》ったい味』と言われながらも、心を込めて作ったのだ。二人においしいと言ってもらえたのなら、作った甲斐《かい》もあるというものだ。

「――――恐れ入ります」

だが、先に恭《うやうや》しく返事をしたのは、給仕に控えていた初江だった。それによって瑠璃子は自分が作ったのだと言いそびれてしまう。

(でも、喜んでくださったのならいいわ)

瑠璃子は彼らが自分の作ったものをおいしそうに口に運んでくれるだけで満足だった。

「初江が作ったのか」

「はい。私の実家の作り方でお作りしてみました。野暮ったい味にならないかと心配でしたが、お口にあったのでしたらよろしゅうございました」

「ふうん、そうなのか」

彼らは初江と瑠璃子を交互に見て言った。瑠璃子は自分も器を手に持ちながら、初江を見てにこりと微笑む。

「とてもおいしいです。私も見習わなくては」

そう言った時、初江はばつが悪そうにぷいと横を向いてしまった。

(やはり、しらじらしかったかしら)

花嫁修業というのは難しい。使用人とうまくやっていけなくては、この家に嫁ぐなんてとても無理だろう。もっと初江の気持ちをくんでやらなくては、と反省する。彼女が自分に厳しく当たるのも、小田切家の嫁としてふさわしいように、という配慮からなのだから。

それから瑠璃子は初江の料理がいつもおいしい事、しっかりと指導してもらっている、という事を二人に話しながら、その夜の食事を終えるのだった。

部屋に引き上げた瑠璃子は、両親への手紙をしたためていた。二人の仕事を懸命に手伝っている。けれどまだどちらと結婚する事になるのかわからない。奥向きの事は使用人によく教わっている――――などと記《しる》していると、扉をノックする音が聞こえた。

「はい」

「俺だ」

春隆の声だった。瑠璃子は机から立ち上がると、部屋の扉を開ける。

「遅くにすまない。少しいいか」

「はい。どうぞ」

夜に男性を部屋に入れるのははしたないかもしれない、とちらりと思ったが、せっかく訪ねてきてくれたのに部屋の前で帰すのは忍びない。瑠璃子は快く彼を部屋に招き入れた。

「今日仕事で横浜まで行った時に見つけたんだ。お前に似合うと思ってな」

「私に……？　よろしいのですか？」

「もちろんだ」

男らしい春隆の顔に笑みが浮かぶ。小さな箱にリボンがついたものを手渡され、瑠璃子の心が躍《おど》る。

「ありがとうございます。なんでしょう……」

瑠璃子が丁寧にリボンを解き、箱を開けると、中には花の髪飾りが入っていた。

「まあ――、なんて美しい……」

洋装の時につける髪飾りは、桃色や水色、そして黄色などの布で花を象っており、それを金で縁取られている。

「これを私が頂いても……？」

「ああ、つけてみせてくれ」

促され、瑠璃子は髪飾りを耳の上あたりにさしてみた。こんなに素敵なものを春隆が自分のために選んでくれたのかと思うと、胸が高鳴る。

「……どうでしょう。洋装ではないので、少し変かもしれませんが……」

顔を上げると、春隆がじっと瑠璃子を見つめてきた。なんだか恥ずかしくなって、控えめに睫を伏せてしまう。

「いや、すごく綺麗だ。似合っている。だがそうだな。洋装ならもっと映えるだろう。次はドレスを作らせるか」

「そんな、贅沢な」

「許嫁を着飾らせる事のどこが贅沢だ。小田切家として恥ずかしくないだけの装いは整えてやらないとな。——しかし、兄はお前にまだ何もやってないのか？」

「鈴一郎様にはいつもよくして頂いています。これ以上の事など、とても——」

そこまで言いかけた時、春隆の指が瑠璃子の唇を塞ぐように触れてきた。思わず沈黙すると、彼は静かな笑みを浮かべて瑠璃子を見つめてくる。

「今はその可愛い唇から他の男を褒める言葉は聞きたくないな」

春隆は柔らかな印象の鈴一郎と比べると、荒削りで、雄《おす》の色が強い。だがその仕草の中に鈴一郎と似たものを感じて、やはり二人は兄弟なのだと知る。

「お前の唇を見ていると、接吻したくてたまらなくなる——」

どこか危険な雄の色香を纏った春隆の顔が近づいてきた。えっ、と思った時には彼の逞しい腕の中に抱き竦《すく》められており、瑠璃子の心臓が跳ね上がる。

「は、春隆様っ……」

思わずそこから逃れようと身じろぐが、彼の力には到底かなうはずがない。鈴一郎に続き、春隆にまで抱き締められてしまい、彼らが自分を女として見ている事をより深く思い知らされた。

「だ、だめ……、春隆様」

「拒むな、瑠璃子」

耳元で熱い吐息ごと囁かれ、それが昼間の光景と重なる。瑠璃子はつい抵抗を忘れてしまい、春隆に腰を抱かれ、あえかに開いた唇に唇が重ねられた。

「ア、……ん」

熱い感触が唇を覆い、瑠璃子は思わず小さな声を漏らす。まるで体温が上がったかのように全身が火照り、頭がぼうっとしてきた。

「……そうだ。舌を吸わせろ」

春隆は強引だった。わずかに開いた瑠璃子の歯列から舌を差し込み、無防備なそれを捕らえて淫靡に吸い上げてくる。それだけではなくて、昼間の鈴一郎との口づけで敏感になってしまったような口腔の粘膜をじっくりと舐め回された。

「ん、ふう……、う」

(接吻で、こんな。二度目なのに)

だが、昼間鈴一郎によって植えつけられた官能の種は、瑠璃子の中で早くも芽生え始めていた。

足から力が抜け、かくりと膝が折れる。春隆はしっかりと瑠璃子の身体を支えると、その背中を壁にもたせかけた。そして彼は瑠璃子が逃げられないように壁際に囲い込むと、その手を着物の裾の中に差し入れてくる。

「あっ！」

さすがにそれには驚いて、我に返った瑠璃子は春隆の手を止めようとした。だが、それは何の抑止力にもなりはしない。

「あ、あ……、だめ」

熱い、大きな手が太腿を撫でていった。そこに初めて感じる男の手は、瑠璃子の身体に明確な刺激を与えていく。それは、はっきりとした快感だった。背中にぞくぞくと震えが走る。

「昼間、兄に触らせたんだろう？」

「……っ」

春隆の言葉に瑠璃子は思わず瞠目した。彼らはいったい、どこまで互いの言動を共有しているのだろう。

「すごく、感じていたそうじゃないか。――お前は悪い子だね、瑠璃子」

「あっ…、あ、ご、ごめんなさいっ……」

春隆に知られてしまった。その事に瑠璃子は激しく動揺する。自分が昼間、鈴一郎に胸を揉まれ、乳首を転がされてどうしようもなく乱れてしまった事を彼は知っているのだ。鈴一郎は、いったいどんなふうに話したのだろう。

身体が焦げつきそうな羞恥が肉体の芯を灼《や》き、瑠璃子はそれだけで喘《あえ》いでしまう。どうして。私、恥ずかしいのに。

春隆の手は今や瑠璃子の太腿の内側を辿っている。その先には、まだ誰にも触らせた事のない秘められた場所があった。だがそこはもうとうに潤《うるお》う事を覚えてしまっている。奥が妖《あや》しく蠢《うごめ》き、まだ知らない感覚を今か今かと待ちわびていた。

「ああ…、だ、だめ、それ、以上は……っ」

これ以上進まれたら、本当に駄目になってしまう。触れられた事のない禁足地を暴かれる恐怖に怯えて、瑠璃子は力の入らない腕で必死に春隆を押し返そうとした。

「嫌か？」

「だ、だって……、いきなり、なんて…っ」

身体の方は、あるいは準備ができていたのかもしれない。だが心構えの方がまるで駄目だった。そのため、瑠璃子は消えない火種を身体の奥に抱え込むという、厄介な状態になってしまっていた。

「ふん……、まあいいだろう」

内股から春隆の手が引かれる。瑠璃子は思わずほっとしながらも、切なげに太腿を擦り合わせてしまっていた。

——ああ。

ここを、彼の指や舌で愛されたら、どんな感覚が襲ってくるのだろう。

そんな淫らな想像をしてしまった事に、瑠璃子は自身を恐れおののく。

「どうした？　物足りないって顔をしているな」

「いいえ、いいえ、決してそのような……」

春隆に言い当てられてしまい、瑠璃子はふるふると首を振った。認めてはいけない。こんなふしだらな事は。

「今夜はお前の唇を味わう事ができてよかった」

「あ……」

再び、ちゅっ、と小さな音を立てて吸われ、瑠璃子は喘ぐような吐息を漏らす。

「俺の夢を見るといい。じゃあな。……おやすみ」

「おやすみなさいませ」

春隆が瑠璃子から身体を離し、部屋を出ていった。後には瑠璃子が一人残される。柱時計の音がやけに大きく聞こえた。

瑠璃子は喉の渇きを覚えたように白い喉を上下する。水差しから水を注ぎ、両手でグラスを持ち、こくこくと飲み干した。口の端から水滴が一筋零れる。

それでも、身体の奥に生まれた渇きは、どうにも癒せなかった。

鈴一郎の機嫌が悪い、と気づいたのは、夕方、出かけていた彼らが屋敷に戻ってきた時からだった。

「おかえりなさいませ」

瑠璃子が出迎えると、彼は上着を初江に手渡しながら瑠璃子を見る。

「――――ただいま」

その瞬間に感じた微かな違和感。彼はいつもの通り物腰柔らかく、口元に笑みさえ浮かべて答えていた。だが、目の奥が笑っていない。それどころか、まるで責めるように燃えさかる炎のような色を瞳の中に見てしまい、思わずうろたえてしまった。

「――――」

瑠璃子は慌てて共に帰ってきた春隆を見やる。だが彼は涼しい顔をして、兄の機嫌の悪さなど何も気づいていないように振る舞っていた。彼は瑠璃子と目が合うと、ふ、と笑ってみせる。

(――――もしかして、昨夜の事を春隆様から聞いたのかしら)

朝に出かける時には普通だった鈴一郎が、その帰りにはひどく機嫌を損ねていた。おそらく二人で出かけている時に、春隆が昨夜の事を話したのかもしれない。

(ふしだらな女だと、思われたかも)

彼はきっと、自分のみならず春隆ともそういった行為をしてしまった瑠璃子に対し、怒っているのだ。

どうしましょう――――。どうしたらいいの。

鈴一郎と春隆が、瑠璃子の淫らな反応を共有しているという事が、ひどく恥ずかしい。そして落ち度よりも恥ずかしさの方に気を取られている自分が、とても身勝手な女のように思えてしまった。

(やはり、どちらかを選ばなくてはならないの)

鈴一郎と春隆、瑠璃子にとってはどちらも大事な存在だ。選べるわけなどない。

「瑠璃子さん？」

呼ばれてはっとすると、二人分の上着と帽子を手に、初江が訝しげにこちらを見ていた。

「どうなさったの。早く旦那様方にお夕食の準備を」

「は、はい、ごめんなさい」

促されて、瑠璃子は二階へ上がっていく彼らの背中を追いながらも、夕食の仕度をすべく厨房へと足を向ける。

ざわざわと胸の騒ぐ音がいっこうに止まない。鈴一郎は夕食の時も普段と変わらずに穏やかに会話をしていたが、瑠璃子は彼の顔を見るのが怖くて、終始俯いたままだった。

その夜は当然寝付けず、瑠璃子はぼんやりと窓の外から星を眺めていた。

思えば、短い間に色んな事があったものだ。城田子爵の事故死。それから従兄弟である鈴一郎と春隆が迎えに来て、どちらかと結婚するのだという。

（私には無理だわ）

二人のうちどちらかを夫として選ぶ事も、この小田切家の妻となる事も。

そもそも、彼らはどうして自分を選んだのだろう。わざわざ婚約者に死なれた女を妻にするよりも、他にもっとふさわしい相手がいくらでも見つかるのではないだろうか。

そんな事をつらつらと思い連ねていた時、ふいに部屋の扉をノックする音が聞こえた。

「――――」

部屋の灯りも、もう落としている。瑠璃子は慌ててランプをつけ、扉の向こうの気配を窺った。

「瑠璃子。私だ。起きているかい」

「……鈴一郎様！」

扉の向こうから聞こえてきたのは、鈴一郎の声だった。

もしかしたら、話をしに来てくれたのかもしれない。瑠璃子はそう思い、寝台を飛び降りて扉に駆け寄った。春隆との事を叱られるかもしれないが、それでもよかった。

「――――」

「やあ。遅くにすまないね」

「起こしてしまったか？」

廊下にいたのは鈴一郎と、そして春隆だった。

「なんだ。俺がいてがっかりって顔だな」

「い、いいえ、そんな事は」

落胆したわけではない。どうして春隆までが一緒にいるのかがよくわからないだけだ。

「少し話があるんだ。いいかい？」

「……はい、どうぞ。こんな恰好で申し訳ありません」

改まって話があると言われ、瑠璃子は不安な気持ちになる。いったい何を言われるのだろうか。先ほどの鈴一郎の様子からして、いい話だとはとても思えない。

「構わないよ。遅くに押しかけたのは私達だからね」

　二人を部屋に招き入れ、扉を閉める。彼らは部屋の中程までくると、ふいに瑠璃子を振り返って言った。

「瑠璃子。私達二人のうちどちらを選ぶか、もう決めたかい？」

「え――――」

「もちろん、俺だろう？」

　春隆がすかさず念を押してくる。だが、鈴一郎も黙ってはいなかった。

「瑠璃子。春隆から髪飾りを受け取ったそうだね」

「あ……」

　やはり春隆は兄にその事を話したのだ。

「ならば私は、君にドレスを贈ろう。今日は弟に先を越されて思わず動揺してしまった。ぐずぐずしていた私が悪いのに、君に八つ当たりするような態度をとってしまって、悪かったね」

「い……いえ、そんな」

　鈴一郎に謝罪され、瑠璃子は心なしかほっとする。よかった。彼はもう怒ってはいないのだ。

「なんだ瑠璃子。兄さんを選ぶのか？」

ところが、今度は春隆が不満げな声を出す。あちらを立てればこちらが立たずで、瑠璃子はどうしたらいいのかわからなくなってしまった。いつの間にか泣きそうな顔になっていたらしく、彼らは瑠璃子を宥《なだ》めるような口調になる。

「私を選びなさい。一生不自由はさせない。大切にして可愛がってあげよう」

柔らかいが、まるで命令するような口調はよく鈴一郎がするものだった。そんなふうに告げられると思わず首を縦に振ってしまいたくなるが、その前に春隆がすかさず口を挟んできた。

「俺は身も心も焦がすようにお前を愛そう。決して悲しい思いなどさせない。お前は俺が守ってやる」

春隆の力強い言葉にも、瑠璃子は引きずられそうになる。どうしたらいいのかわからなくなって、思わず途方に暮れてしまった。

「――ああ、そんな顔をするな。お前を困らせたい訳じゃない。俺達が悪かった」

春隆が薄く笑みを浮かべながら、瑠璃子の頭を撫でて言った。

「で……では、どうしてそんな事を私に選ばせるのですか。お二人とも、私が小さな頃から遊んでくださったではないですか。その時からお二人とも大事に思っていました。私には無理です。どちらかを選ぶなんて――」

思わず抗議をするように彼らに訴える。

「――どうしても選べないっていうんだね？」

鈴一郎が優しく念を押すように瑠璃子に訊ねてきた。

「お前には昔からそういうところがあった。優しいが、少し及び腰だ」

春隆の言う言葉は、まるで瑠璃子の至らない点を指摘してくるようだった。思わず肩を竦めて、叱責される時のように項垂《うなだ》れる。

「君が幼い頃、私達が差しだしたお菓子のどちらを食べるかで、泣きそうになっていたね」

鈴一郎の声に、瑠璃子は昔を思い出した。あれは母から、欲張るのはみっともないからどちらかひとつにしなさいと言われていたのだ。けれど彼らが用意してくれたお菓子はどちらもとても美味しそうで、そして選ばなかった片方に悪くて、瑠璃子はどうしても選ぶ事ができなかった。結局あの時は、どうしたんだったろうか。そうだ、あの時は、『内緒だよ』と念を押され、どちらももらったのだった――。

「そういうところは変わらないな」

結局あの頃と自分は何も変わっていない。人を傷つけるのが嫌で、選択する事から逃げてばかりいる。

これではそのうち、痛い目を見るかもしれない。

「……はい。申し訳ありません。どうしてもというのでしたら、お二人でどちらが私を娶るのか、決めていただきたく思います」

それでも、子供の頃から何かと面倒を見てくれ、一緒に遊んでくれた彼らのどちらかを選ぶなどという事は、今の瑠璃子にはとてもできなかった。片方を選ぶという事は、どちらかに優劣をつける事だ。瑠璃子は二人とも甲乙つけがたいほどの男性だと本気で思っている。

卑怯かもしれないが、瑠璃子は選択を彼らに委ねた。このまま片方を選んでいたら、きっといずれ瑠璃子は自分の選択を後悔するだろう。それならば、相手に自分の人生を決めてもらう方がまだ気が楽だった。

「――――そう」

鈴一郎は了承したように頷く。

「俺達の好きなようにしていいんだな？」

春隆の言葉に、瑠璃子は覚悟を決めて首を縦に振った。

「はい。私は、お二人に従います」

どこか追いつめられているような気がするが、瑠璃子には選択するという選択肢はなかった。

「わかった。――――なら、決まりだな」

「……え？」

春隆の言葉を不思議に思って彼らを見やる。鈴一郎と春隆の間では、もうその結論が出ているのだろうか。

「瑠璃子が私達のうちどちらかを選べないのなら仕方がない」

「――――お前を、俺達二人のものにする」

一瞬、空白の時間が流れた。

言われた事の意味がよくわからず、呆然として彼らを見つめていると、おもむろに立ち上がった二人が左右から瑠璃子の細い手首を掴む。

「……あ、な、何を……？」

「契りの儀式さ。これからは、私達二人で君を抱くんだ」

また理解できない事を告げられた。二人で？　私は、お二人のものになるの？

「そうだよ瑠璃子。それがお前の出した答えなんだろう？」

「そ、そんな――――、だって私……、きゃっ」

突然二人に抱き上げられ、さっきまで横たわっていた寝台に放り投げられるように運ばれる。思わず見上げた瑠璃子の目の前で、鈴一郎と春隆がそれぞれガウンを脱ぎ捨てるのが目に入った。

「なにを……なさるの」

得体の知れない戦慄《せんりつ》が走る。瑠璃子の脳裏には、つい先日、鈴一郎と春隆、それぞれと交わした行為が浮かんでいた。

「この間の続きさ」

「それを、俺達二人とするんだよ」

「そ――――そんなこと」

許されるはずがない。そう思った。あまりにふしだらすぎる行為だ。

「いけません――――あ、んっ」

拒む言葉も虚しく、重なってきた鈴一郎の唇に吸い取られてしまう。思わず身じろぐと、その動きを封じるように春隆に背後から抱き締められた。

「んん、ん……っ」

前と同じように、いや、前よりも淫らに、鈴一郎の舌は瑠璃子の口腔を舐め上げていく。途端に背中がぞくぞくとわななき、頭の中が霞みがかったようにぼうっとなる。この異常な状況に、まるで思考が止まってしまったみたいに動かなくなった。

「……ふふ、可愛いね」

さんざん口の中を弄《もてあそ》ばれ、吸われてぽってりと赤くなった唇を鈴一郎が指先でなぞる。

「今度は俺に口を吸わせてくれ、瑠璃子」

「あ……」

あまりの事に抗えなくなった瑠璃子の顎を捕らえ、今度は春隆の方を向かされた。すぐに濃厚な接吻が襲ってきて、鈴一郎とのそれで敏感になってしまった口の中の粘膜を春隆の攻撃的な舌で責められる。思わず甘く喘いでしまうほどに感じてしまった。

「あ…っ、あ、う」

くちゅくちゅという音が頭の中で響く。これは自分が出している音だ。そう思うと身体がカアッと熱くなり、肌がじんじんと疼《うず》き始める。

(変よ。私、こんな――――、変に)

「ふぁ、あ…、だ、め…っ」

ようやっと抵抗の言葉が出た。いったい自分はどんな目に遭ってしまうのか。そしてそうなった時、この身体はいったいどうなるのか。何か、取り返しのつかない予感に苛まれ、瑠璃子はどうにか現実に戻りたいと、弱々しい手足でもがく。

「い……いけません、こんな……」

「どうして、瑠璃子。君だって、望んでいただろう。こうなることを」

「そんな……！　そんな、こと…っ」

違う。私はそんな事を望んでなんかいない。

心の中で否定する自分に、もう一人の自分が囁きかける。

本当にそうだろうか。自分は昔から、誰かに攫われたいと夢想していたのではないだろうか。異国の絵物語のように、誰かに強引な力で、どこか遠くの別の世界へと連れていかれる事を。

(違うの。それはこういう事じゃないの)

だがそんな心の声が聞こえているかのように、彼らは甘い誘惑の声で囁いてきた。

「嘘はいけないぞ、瑠璃子。俺に触られた時、あんなに感じていたじゃないか。お前の肉体の底には、男を食らう妖婦《ようふ》がちゃんといるんだ」

「わ、私には、そんな、つもり……！」

否定しつつも、瑠璃子の言葉はしどろもどろになった。確かにあの時、自分は身も心も異様な興奮に包まれていた。春隆を相手にした時だけではなく、鈴一郎に抱き締められた時も。

「私達に身も心も委《ゆだ》ねておいで。そうするのが、皆が一番幸せになれる方法だ」

「あっ」

鈴一郎の甘い声で耳元に囁かれると、身体から力が抜けていく。甘美な感覚は瑠璃子の全身を包もうとしていた。もう片方の耳も春隆に舌を差し入れられて、優しく嬲《なぶ》られる。激しく感じてしまった。

(抵抗できない)

幼い頃から憎からず思っていた彼らにこんなに官能的に求められては、瑠璃子にはもう抗う手立てなど残されてはいなかった。

「あ……お願い。どうか、どうか…っ、せめて、優しくしてくださいまし……っ」

もう駄目だ、と思った瑠璃子は、せめてもの哀願をした。まだ生娘《きむすめ》であるというのに、いきなり二人の男に抱かれるというのは、どうしても恐怖の方が先に立ってしまう。

「もちろんだよ瑠璃子」

「蕩《とろ》けるほどに優しくしてやる。お前は俺達なしではいられなくなるんだ」

拒む事も逃げる事もできないとわかった瑠璃子が、半ば観念したように訴えると、彼らは心得たように許諾してくれる。そしてそれと同時に浴衣の帯が解かれ、瑠璃子はこれから訪れる甘い恥辱に、目元を染めながら長い睫を震わせた。

さっきから、まるでとろりとした蜂蜜の壺に指を入れてかき回しているような淫らな音がひっきりなしに聞こえる。それが自分の身体から出ているものだと思うと、瑠璃子は恥ずかしさで死んでしまいそうになるのだ。

「……あ、ああ……、うう…」

瑠璃子は背後から鈴一郎に抱き抱えられ、その大きな手で豊満な乳房を思う様揉みしだかれている。浴衣はすっかりはだけられて、帯だけでかろうじて身体にひっかかっている状態だ。

「綺麗な胸だな」

瑠璃子の目の前には春隆がいる。彼は瑠璃子のしなやかな脚を撫で上げながら、兄と一緒になって乳房を愛撫していた。胸の頂を覆うように手で包まれ、先端の突起を掌で転がされるように刺激される。その度に、じんわりと痺れるような感覚がそこから生まれた。

「あ、は、ぁ…んんっ」

「着やせする質なんだね……。着物を脱いでしまうと、こんなにも妖艶な身体をしている」

「あぁっ、見ない…でっ…、はずかしいっ……」

彼らに触れられると、まるでそこから火が噴き出るのではないかと思うほどにじんじんと肌が熱を持つ。初めてなのに二人がかりで抱かれ、そしてそれを悦んでいるかのように反応してしまう身体が恥ずかしかった。

「そう、お前は恥ずかしい女だ。けど、俺達はそんなお前を愛おしく思っているよ」

「は、春隆さ…、ん、んん」

何か言おうとした唇を、春隆のそれで塞がれてしまう。熱く濡れた舌が口の中に侵入して、粘膜をしゃぶられると、意識が白く濁《にご》った。それはひどく甘美な感覚で、瑠璃子は無意識のうちにひくひくと背中を震わせてしまう。

「……春隆とばかり仲良くしないで、こっちも忘れないでくれよ」

「ふっ、んぁあっ」

唐突に胸の突起を背後にいる鈴一郎に摘まれ、瑠璃子は思わず悲鳴じみた声を上げてしまった。ツキン、とした刺激が身体の中心を鋭く貫いてくる。

「ここが弱い？　可愛いね」

「あっ…、はあ、や、やぁあぁ…んんっ」

ますます硬く尖る突起を優しく転がされ、時には弾かれて、瑠璃子は感じるままに喘いでしまった。はしたない、こらえなければ、と頭の隅で思っているのに、そんなものは何の役にも立たない。

「ひゃ、あぁ…んぅ」

口づけを中断された形になってしまった春隆が不満そうに瑠璃子の耳を舌先で嬲り、首筋を吸ってくる。そんな愛撫にも感じてしまい、彼らに挟まれている肢体《したい》がびくびくとわななないた。

「り、鈴一郎様ぁ……、春隆様っ、わ、私、変にっ……」

「変になりそう？　構わないよ。私達はそうなった君が見たい」

「もっともっと恥ずかしい事をお前の身体にしてやる。一生忘れられないくらいのやつをな」

今でさえ我慢できないほどの羞恥に苛まれているのに、これ以上どうされるというのだろうか。だが春隆の両手が瑠璃子の両の膝にかかった時、まさか、という思いにゆっくりと息を呑む。

「さあ、脚を広げてここを見せるんだ」

「あ、やあっ、だ、だめっ、そこ、はっ……！」

そんな事をしたら見えてしまう。大事な部分が、彼らの目の前にさらけ出されてしまう。

「み、見ないで下さい、みないでっ」

そこがひどくはしたない事になっているというのは、自分でもわかっていた。だが春隆の手は容赦なく両膝を開き、秘された場所を暴いていく。瑠璃子はきつく目を閉じ、思わず彼らに訴えていた。

「ああ、だめ、ごめんなさい……っ、瑠璃子の事、慎《つつし》みのない女だって思わないで……っ」

そこは刺激と興奮と、そして羞恥のためにもうとっくに柔らかく潤い、綻《ほころ》びかけていた。

「生娘でもその気になれば充分に濡れる、か」

「心配しなくてもいいよ、瑠璃子。君はとっても慎み深い女性だ。そして、もっと魅力的になれる可能性を秘めている」

「……かのう、せい……？」

「そうだ。俺達は、お前をもっともっといい女にしてやりたい」

そのためにこれが必要なのだ、と、春隆の指が注意深くそこを押し開いていく。

「ひ、あぁ」

花弁が開かされ、蜜壺の姿が露わになっていった。凄まじい羞恥が身を灼き、白い肌を薄桃色に染めていく。

「や…っ、あぁあ……んっ」

「初々《ういうい》しい色だ。処女なのに、感じやすい」

「い、言わないで、くださ……っ」

瑠璃子は自分の肉体の反応に薄々気づいてはいた。こんな無体をされているというのに、身体の芯がカッカと火照り、まるでそれを悦んでいるかのように神経が過敏になる。今も大事な部分を剝《む》き出しにされて、恥ずかしくて死にそうなのに昂ぶっていた。それは気持ちと身体の、両方だ。

「ほら、見えるかい、瑠璃子。君の可愛らしいところがすっかり丸見えになってしまっているよ」

瑠璃子のそこは春隆の指によって、開いたり閉じたりを繰り返させられていた。その度にくちくちと小さな音が響き、耳までも犯されているような気分になる。

「……ぁ、はあ…、ん、ふぅ……っ」

脚の間がぼうっと熱を持ったようになり、腰を知らず動かしてしまっていた。

「そ、そんなに……開いたり…されたら……あ」

「ここに今夜、俺達を受け入れてもらうんだ。ようく感じさせて、柔らかくしてやらないとな」

　そのための準備運動だ、と言われ、瑠璃子は混迷《こんめい》とする。

（受け入れるって、お二人とも？）

　彼らは自分達二人のものにすると瑠璃子に言った。それがどういう意味を持つのかが今さらながらにわかる。そして春隆の指先が、くちゅりと音を立てながら蜜壷の中へと潜り込んできた。

「あ、ああっ」

　体内に感じる、男の長い指。それは紛れもない春隆のものだ。指はゆっくりと、瑠璃子に痛みを与えぬよう、そっと内壁を撫でていく。

「痛くはないな？」

「……っ、ぁ」

　瑠璃子はろくに答える事すらできず、中をまさぐってくる春隆の指の感触を全身で感じていた。彼は指を少し深く入れたかと思うと、また入り口に戻ってちゅくちゅくと花びらを弄んだりする。その間も両の胸を鈴一郎に揉みしだかれ、時折乳首を優しく捏ねられて、背筋をあやしい快感が這い上っていった。

「はあ、あう……」

「腰が震えているね」

鈴一郎に指摘され、瑠璃子は自分の下肢が快楽にわなないている事に気づく。恥ずかしさに、カアッと顔が熱くなった。

「わ、たしっ……」

「いいんだよ。もっと感じて、素直に振る舞ってごらん」

そう言われても、初めての事で、意識してしまうとどうしたらいいのかわからない。身体を強ばらせてしまった瑠璃子に対し、春隆は軽く口づけた後、秘部の上の方を指で押し開いた。

「！」

その瞬間、異様な感覚が瑠璃子の下半身を覆い尽くす。何かとてつもなく脆《もろ》く敏感なものが外気に剥き出しになったような感じ。

「膨らんでいる。可愛らしいな」

「な、なに……が、え、ああっ!?」

そこを指の腹で撫で上げられた瞬間、腰から脳天までにびりびりと快楽の稲妻が走る。下肢からせり上がってくる愉悦《ゆえつ》は爪先《つまさき》を甘く痺れさせ、両の膝を震わせた。

「ここが女の一番感じる場所だ。今日からここを、うんと虐《いじ》めてやろう」

春隆は意地悪にそう言って、硬く芯を持った突起を指先で何度も撫で上げる。愛液を指に絡め、それを塗りつけるようにされると自然と腰が浮いた。

「あ、ア……あっ、あっ、はぁんっあっ……！」

強烈な刺激が神経を灼く。いやらしい喘ぎが自然と口をついて出て、瑠璃子は背中を大きく仰け反《の》らせた。背後の鈴一郎の肩に後頭部を擦りつけてしまう。

「瑠璃子……。そんなに気持ちがいいのかい？　少し妬けるな」

「あっ…、ふあぁっ…んんっ」

鈴一郎の舌で首筋を舐め上げられて、ぞくぞくした波が背中を這い上がった。

「あ、ああ…そこっ、んん、あ」

「どんどん大きくなってきたな。もう我慢できないだろう？」

春隆の煽るような言葉に屈服してしまいそうになる。二人がかりの愛撫という異様な状況でさえ耐え難いのに、普段は包皮に隠れている突起を勃たされ、ぬるぬると擦られてはたまらない。

「あ、あっ、はしたないっ…、はしたないです、こんなっ……！」

自分がこんな痴態を晒《さら》す事になるなんて、と、瑠璃子は嘆き悶《もだ》えた。彼らの与えてくる感覚は、瑠璃子の中の知らなかった部分を目覚めさせてくる。自分が何か別のものに変容していくようだった。

「いいじゃないか。はしたなくなればいい」

「お前がどんなになったって、俺達はがっかりしたりなんかしない。むしろお前のそういう姿を見たいんだ」

二人の誘惑するような言葉が、かき乱された瑠璃子の脳裏に染みこんでいく。本当に？本当に、こんな淫らな私でいいの？

「ああっだめっ…、そんな、もうっ…！」

だが、どのみち瑠璃子には抗う手立ては残されていなかった。鈴一郎に胸を愛撫され、春隆に淫核を責められて、身体が熔《と》けていきそうになる。感覚がどんどん大きくなって、弾けてしまいそうだ。

「あっ、くるっ…、なにか…、きそうっ…！」

瑠璃子は体内からせり上がってくる愉悦の波に半ば怯え、そしてもう半分は期待を持っていた。この向こうに、途方もない悦楽《えつらく》があると。

「そうだ。そのまま快楽に身を委ねていろ」

「そうすれば、天国が見られるよ」

彼らもそう言っている。それなら、きっと大丈夫。

沸騰した意識の中でぼんやりとそう思い、瑠璃子は彼らに従って目を閉じた。すると彼らの愛撫が一層粘《ねば》っこくなり、瑠璃子は濃厚な快感の波にひとたまりもなく呑まれる。

「あ、あっあっ、…っあぁぁぁあ……っ」

自分の声ではないような嬌声《きょうせい》が喉から漏れた。思考が真っ白になるほどの法悦《ほうえつ》に全身を震わせ、瑠璃子は産まれて初めての絶頂を体験する。それは苦しいほどの歓《よろこ》びだった。

「あ、あくぅぅ、ふああ」

汗に濡れた肢体が、びくん、びくんと痙攣《けいれん》する。蜜壺からは夥《おびただ》しい愛液があふれて、春隆の指を濡らしていった。

「っ…あぁあ…っ」

脱力する身体を敷布の上に横たえられる。はあはあと息を喘がせていると、大きな掌の感触を頬に感じた。

「達したんだね……。春隆の指は、気持ちがよかったかい？」

「あ……わたし…」

気がつくと、瑠璃子は鈴一郎に組み敷かれていた。春隆は瑠璃子の横にいる。

「破瓜《はか》は兄さんを立てないとな。だから俺は、お前を初めてイかせてやる男になった」

脚の間には鈴一郎がいる。彼が衣服の中から出したものが目に入って、思わず息を呑んだ。初めて目にする男のそれ。恐怖すら覚える形状と大きさを誇るものを、今からここに入れられるのだ。

「こ、怖いです……」

「大丈夫だ。こんなに濡れて柔らかくなっている。優しくするよ」

「気が紛れるよう、こっちは俺が可愛がってやろう」

春隆が手を伸ばし、瑠璃子の両胸を包み込んできた。五本の指で強く弱く揉まれ、またじんわりとした快感が湧き上がってくる。

「あんんっ」

達したばかりの身体は、さっきよりも敏感になっていた。破瓜に備えて身構えてしまう肢体から力が抜けて、瑠璃子の花びらの中に鈴一郎の凶器の先端が潜り込む。

「あっ」

ぐぐ、と内壁をかき分けてそれが進んできた。自分の身体の中に他人が入ってくる。その信じられないような事実に、身体中が総毛《そうけ》立つ。

「あ――――う…あ、ああ」

覚悟していたほどの苦痛はなかった。それどころか、肉体の中心がひくひくと引き攣《つ》れるような快感が体内に広がる。鈴一郎は一度腰を止めると、瑠璃子の髪を撫でて優しく口づけてきた。

「さあ、私達のものにおなり。君の中に、深く深く刻みつけるよ」

「――――あ、アっ！」

次の瞬間、鋭い痛みが背中を走り、鈴一郎が奥まで突き進んでくる。内奥で何かが破れたような感覚を覚えた。下腹に感じる熱い脈動。ここに男が、鈴一郎が入っているのだ。

「あ、ん――――あ」

「痛いかい？」

気遣うように問われて、瑠璃子は必死で唇を震わせる。たっぷりと濡らされていたせいで、今は耐えられないほどの苦痛はなかった。

「そ…んなには――――でも――――」

「君の中はとっても熱い。一生懸命私に絡みついてくるのがいじらしいね」

自分の中を評されて、瑠璃子はいたたまれずにただ熱い息を吐く。彼の言うとおり、ぎっちりと満たされた肉洞がじんじんと疼くように鈴一郎を包み込んでいた。瑠璃子の中が馴染むまで動きを止めていた鈴一郎が、ふいにその指を瑠璃子の広げられた女陰へと伸ばす。

「私もここを可愛がってあげようか」

「え、あ、あ、だめっそこはっ…、触っては…っ」

押し広げられた女陰の上の方でつんと勃ち上がっている淫核。鈴一郎は両の親指でその突起を押し潰すように刺激し出した。

「あ…っ、あっ、ふああ…っ、ん、だ…め、そんな、こと…、しちゃ…っ」

「弄る度に、中がひくひくしているよ……。気持ちがいいんだね」

「やぁんんっ、んっあっ、あ、ああ…っ」

瑠璃子は耐えられずに背中を大きく仰け反らせた。つい先ほど絶頂に達するまでに虐められた鋭敏な突起を悪戯され、敷布から浮き上がった背中がふるふると震える。その時、内部を緩く突き上げられ、じわりとした快楽が蜜壷に広がった。

「あうぅ……っ」

「ずいぶん気分を出しているじゃないか、瑠璃子。もう中が気持ちよくなったのか？」

それまで胸を揉みしだいていた春隆が、再び悶え出す瑠璃子にからかうように囁く。乳首を軽く指で擦り上げられて、全身がぞくぞくとした。

「あはっあっ」

内奥でくちくちと秘めやかな音がする。それは瑠璃子の蜜壷がうねり、律動を欲している証拠だった。自分の身体がこんな反応をするなんて信じられなかった。

「そろそろ動くよ」

「ああっそん、な…っ」

今動かれたらどうなってしまうかわからない。そんな不安をよそに、鈴一郎は瑠璃子の脚の間で腰を使い始めた。ズッ、という音と共に、熱い楔《くさび》が内壁を擦り上げる。潤沢《じゅんたく》な愛液で溢れていたそこは、もうさほどの苦痛を与えてはこなかった。

「う……っ、うっ」

それよりも、じん、とした得も言われぬ快感が下腹に湧き上がる。はあ、はあと知らぬ間に喘ぎ、瑠璃子は初めて味わうその愉悦を堪える事ができなかった。

「あ、ああ……うう」

「……感じているようだね」

瑠璃子の様子を見ながら動いていた鈴一郎も、次第に大胆に瑠璃子の中を貪《むさぼ》っていく。その度に宙に投げ出された脚をびくびくと震わせて、体内の鈴一郎を熱く締めつけた。頭の中がぼうっとして、何も考えられない。

「もっと兄さんに気持ちよくしてもらえ、瑠璃子。次は俺だ。それまで、こっちを可愛がってやろう」

瑠璃子の胸を揉んでいた春隆が、その胸元に顔を伏せ、硬く尖る乳首を口に含んで転がしてきた。敏感なのだと知らされたそこへの愛撫は、今まさに挿入されている瑠璃子には耐えられない。

「あ、んんっ、あぁあっ」

中を鈴一郎によって犯され、胸を春隆に責められた瑠璃子は、高い声を上げて濡れた肢体をよじった。けれど逃げられるはずもなく、まるで火だるまみたいになった身体をぶるぶるとわななかせながら啜《すす》り泣くほかはない。

「あっ、あっ、ふぁあっ…、そ…んな、わたし」

初めてなのに、という言葉は、直後に突き上げてきた強烈な快感によって淫らな喘ぎに変わった。春隆の舌先で転がされている乳首は甘く痺れ、鈴一郎によって道を開けられた肉洞は彼が動く度に歓びに震えている。

「はあっ、ああんんっ、んっ、くうう…っ」

下腹の奥が熱い。身体の中で、さっきとはまた違ううねりが徐々に大きくなっていた。それは次第に勢いを増し、瑠璃子を再び呑み込もうとしている。

「また、気をやりそうになっているだろう」

「あ、アッ、わたし……私っ」

小刻みに奥を突かれ、強い快感に媚肉が痙攣した。

「いいんだよ。今夜からは何回もイかせてあげるからね」

鈴一郎の首筋に汗が伝う。彼もまた、私の身体で快楽を得ているのだろうか。もしそうならば嬉しい、と思った。

「は、あぅ…んんっ、ま、また、ああっ…」

女陰の奥の方がきゅうきゅうと収縮する。それと同じくして、鈴一郎の律動が激しくなった。さきほどからのうねりが腰の奥で渦巻く。

「っ…、瑠璃子っ、君は素晴らしいよ……」

「ああっ、鈴一郎様っ、あ、あ、あ――――…」

身体の中で弾けた快感が全身へと拡散していった。

(初めてなのに)

それなのに、絶頂に達してしまったのが自分でも信じられない。

「……いい子だ、瑠璃子」

鈴一郎が汗で額に張りついた髪をかき上げてくれる。

「感じやすくて、情熱的で淫らな身体だ。私達二人の欲を受け止めるには、充分すぎるほどだよ」

瑠璃子は慎みのない肉体を恥じていたが、鈴一郎はそれを褒めてくれた。純潔を失った瑠璃子の中ではもう引き返せない、という思いと、淫蕩《いんとう》に振る舞ってしまい、叱られるかと思った自分を丸ごと肯定してくれた彼らへの感情が弾け、その黒い瞳からぽろぽろと涙を零してしまう。

「何を泣く？　おかしな奴だな」

春隆が涙で濡れるこめかみを舌先で舐めとっていった。

「わ、わたし……、はした、なくて」

「こんな時に行儀良くしていても何の意味もない。お前は素直に快楽に興《きょう》じていいんだ。むしろ、気持ちがいい時はうんと淫らに振る舞っていい」

「……そういうものなのですか……？」

瑠璃子は城田子爵に嫁ぐ前提で、閨《ねや》での作法を一通り教えられてきた。布団の上では逆らわず、だがはしたない振る舞いをしてはならないと。

「そんな作法はくだらないな。私達はもっと、雌《めす》になった君が見たい」

「め、雌に……」

鈴一郎に突然獣になれと言われて、瑠璃子は戸惑ってしまう。

「ああ、そうだ。快楽を貪欲に受け入れ、理性をなくしてよがる雌だ。感じている時は素直に気持ちがいいと言って欲しい」

「そ、そんな……っ」

突きつけられる要求に、カアッと顔が熱くなった。鈴一郎が言うことは、あまりに恥ずかしすぎる。

「今夜が初めてなのにそれは少し荷が勝ちすぎるというものだ、兄さん。それに、雌になれるかは俺達の可愛がり方に多大に関係してくる」

「……それもそうだな」

春隆の言葉に鈴一郎は微笑み、未だ中にあった自分のものをずずっ、と引き抜いていく。

「んっ」

抜かれる感覚に、背中がぞくん、と波打つ。もう少しこれを味わっていたい、と頭の隅で思った。

「そんなにがっかりした顔をしないでおくれ。次は春隆の番だから」

「あっ……」

そんなに物欲しげな顔をしていたのかと、カアッと顔が熱くなる。脚の間から鈴一郎が退いたと思うと、すぐに春隆がそこに陣取ってきた。

「やっとお前を抱ける」

どちらかと言えば鈴一郎よりは強引な印象のする春隆だったが、彼は瑠璃子の脚を宥めるように優しく撫で上げてきた。そして兄の精と蜜にまみれたその場所に、男根の切っ先を差し入れる。

「うっ……」

一番太い部分が入ってきた感覚に、じん、とした快感が生まれた。

「奥まで、大丈夫か？」

「……は、はい、でも、そっと…お願いします」

立て続けに二人の男を受け入れるのはまだ怖くて、瑠璃子は春隆に哀願めいた言葉を告げる。

「ああ、無理はしない。今日はな」

その返事の後、春隆のものが瑠璃子の中へと挿入されていった。

「あうぅう……っ」

ついさっき処女を散らされたばかりだというのに、媚肉を大きなもので押し広げられていく感覚がたまらなくいい。思わず背を仰け反らせると、鈴一郎の手が乳房を包み込んで、やわやわと揉み始めた。

「あああっ、あああんっ」

乳首もつままれ、身体の至る所から感じる愉悦にせっぱつまったような声を漏らす。その響きは明らかに先ほどよりも官能の色合いを濃くしていた。

「瑠璃子……、気持ちいいか？」

「は、は……いっ」

根元まで入れた春隆の問いかけに、瑠璃子は素直に頷く。そうしていいと、彼らに教わったからだ。この快楽は罪ではないと。

（でも、ああ、恥ずかしいの――――）

けれどその羞恥さえもが興奮となって瑠璃子の身体を灼く。そしてそんな瑠璃子を追いつめるように、春隆のものがぐちゅん、と音を立てて入り口から奥までに沈み込んでいった。

「はぁう、あんんっ……！」

脳天まで突き抜けていくような快感に甘い悲鳴が上がる。内壁がきゅううっと締まり、肉洞いっぱいにくわえ込んでいる春隆のものを強く締めつけた。

「ああ、すごいな……」

「だろう？　清楚な顔をして、この子の中はとても貪欲だ。私達も食いつくされないようにしないと」

「まったくだ」

こちらは息も絶え絶えになっているというのに、彼らは瑠璃子について好き勝手な事を話している。食いつくされそうなのはこちらだというのに。

「あっ、あっ」

春隆が律動を刻む度に媚肉を擦られ、下半身が占拠されそうな快楽に包まれる。両の胸は鈴一郎によって揉まれ、乳首まで扱かれていた。

「あ、いや、あ、あ……」

「嫌じゃないんだろう？　こんなにあふれてきている」

「瑠璃子、教えたはずだよ。こういう時は何て言うんだい？」

刺激と興奮と羞恥とでろくに働きもしない頭の中に、彼らの言葉だけが響いていた。それらは瑠璃子を支配して、理性を音を立てて蒸発させていく。

「んぁあっ……あ、い、いい、いい…のっ」

耐えきれずに、瑠璃子の口から淫らな言葉が迸《ほとばし》り出た。広げられた内股に不規則な痙攣が走る。先ほど瑠璃子を荒々しく翻弄した波が、三度鎌首《かまくび》を持ち上げてうねりだそうとしていた。

「そう、素直だね。可愛いよ瑠璃子」

「お前はもっともっと素直になる。そうなるように俺達が躾《しっ》けてやろう」

瑠璃子の中で、春隆のものが卑猥な音を立てながらかき回していった。我知らず敷布をわし摑む。

「は、あん――――ぃ、っ、〜〜〜〜っ」

唐突に、びくん、びくん、と白い身体を蛇のようにのたうたせながら、瑠璃子は声も出せずに絶頂に追い上げられた。強く締めつけられ、道連れにされた春隆も、その内奥を精で満たす。

「ふ、う――――」

身体全体が浮き上がりそうだった。指先までもが甘く痺れて、多幸感に酔いしれる。

この世に、こんな感覚があっただなんて。

これが、殿方に抱かれるという事なの――――?

「……これで、瑠璃子は俺達のものになった」

「明日から毎日、感じさせてあげよう。きっとすぐに夢中になる」

彼らに告げられた言葉の意味も、瑠璃子はよくわからなかった。ただ嵐のような自分の心臓の鼓動を感じながら、漠然《ばくぜん》とした幸福と不安の海の中を、いつまでもふわふわと漂っていた。

目を開けた時、そこに写っていたのは与えられた自分の部屋の天井だった。

「――――」

まだ夢の続きを見ているのだろうか。頭の中の霧がうまく晴れない。何か、昨夜、とても熱い、心地よい夢を見たような気がするのだけど――。

「！」

その時、唐突に昨夜の行為の生々しい映像が脳裏に差し込まれ、瑠璃子は布団の中で身を震わせた。慌てて飛び起きると、下腹部に妙な違和感がある。

（……まだ、何か入っているみたい）

それでは、やはりあれは夢ではないのだ。あの兄弟に自分達二人のものにされると宣言され、身体を開かされて純潔を散らされた。そしてその時、これまで味わった事もないような快感を与えられて、身も世もなく喘いで。

「……私ったら」

なんて恥ずかしい姿を晒してしまったのだろう。瑠璃子は熱くなる頬を両手で包み込んだ。

(……でも、嫌ではなかったわ)

二人とも、とても優しくしてくれた。それこそこの身が蕩けてしまうほどに。しかし、あれは、許される行為なのだろうか。

その時、部屋の扉をぞんざいに叩く音がして、初江が入ってきた。

「――いつまで寝ておられるの。もう八時ですよ」

「……えっ!? そんな時間ですか。ごめんなさい、すぐ仕度して朝食の用意を……」

瑠璃子が慌てて寝台から降りようとすると、初江は窓のカーテンを開けながら突き放すように言う。

「朝食の用意はもう終わりました」

「……ごめんなさい」

とんだ失態だった。昨夜あんな事があったとはいえ、それで寝過ごすなどと言語道断だ。

「本日、旦那様方はあなたと共におでかけになりたいそうです。早くお仕度をなさってください」

「は……、はい。わかりました」

「準備が出来たら食堂へ。……あまり旦那様方をお待たせしないようにしてくださいね。奥様」

「！」

思わず瑠璃子が顔を上げて初江を見やると、彼女はさっさと部屋を出ていくところだった。

（……今、奥様って）

いったいそれはどういう意味だろう。瑠璃子はまだ正式には鈴一郎と春隆のどちらとも結婚していない。それなのに。

「……まさか、昨夜の事が」

知られてしまったのだろうか。そう考えると、恥ずかしさでいたたまれなくなる。

「いけない」

恥ずかしがっている場合ではない。瑠璃子は大急ぎで洗面をすませ、浴衣から小袖に着替えて階下の食堂に降りていった。朝食の席では、もう二人が先に食事を始めている。

「遅れて申し訳ありません！」

「やあ、瑠璃子――おはよう」

「おはよう、昨夜はよく休めたか？」

「は……はい。おはようございます」

鈴一郎と春隆は、二人とも何事もなかったかのように瑠璃子に挨拶をした。そんな彼らにぎこちなく返事をし、その表情を盗み見るように席に着く。

鈴一郎と春隆はいつものように洋装をして、洋風の朝食を口に運んでいた。瑠璃子の前にも同じものが出される。

「身体の調子はどうだい？」

鈴一郎の質問に、瑠璃子はどきりとして肩を竦めた。

「お気遣いありがとうございます。元気です」

股間の違和感も、時間が経つにつれて薄れてきている。身体のあちこちが痛むような気もするが、これは筋肉痛のようなものなのだろう。

それにしても――と、瑠璃子はふいに昨夜の狂乱とも言える一時を思い返す。

普段は穏やかで紳士的な鈴一郎の、あの欲望を剥き出しにしたような眼差し。そして一見して強引そうな春隆の、思いがけず繊細な指先。

今は何処《どこ》吹く風といったような二人を前にして、瑠璃子はあらぬ妄想に耽《ふけ》ってしまう。

思わず食事の手が止まりそうになったところで、春隆に声をかけられた。

「今日は、お前を連れて洋品店へ行く」

「洋品店？」

　はっとした瑠璃子は、春隆の言葉をおうむ返しに聞いた。

「ああ。お前に洋服を作ってやらないとな」

「瑠璃子はどんな色の洋服が似合うだろうな。桃色、深緑、紺色――――。いっそ赤が似合うかもしれないな」

　楽しそうに続ける鈴一郎に対し、瑠璃子は少し気後れして答える。

「もったいのうございます」

　自分は贅沢をするためにこの家に来たわけではない。彼らの手助けをし、何某《なにがし》かの支えになれればそれでいいのだ。

　だが、瑠璃子がそう訴えると、彼らは一様に眉を顰める。鈴一郎は苦笑気味に。春隆は憂鬱《ゆううつ》そうに。

「小田切家の妻になるからには、夜会用のドレスも必要だろう。それに、普段着る洋装も。これからはどんどん洋服の時代になっていくからね」

「お前が美しく装っていないと、俺達が恥をかく。それを忘れるな」

「は……、はい。申し訳ありません」

　慌てて反省する瑠璃子だったが、そうなってくると現金なもので、少しだけ自分が着るという洋服に期待してしまう。いったいどんな服に出会えるのだろうか。

「きっと洋服も似合う。私達も楽しみだよ」

「はい。瑠璃子も楽しみにしています」

三人で出かけるのは、どれくらいぶりだろうか。はからずもこういった関係になってしまったが、本来自分達はとても仲のいい従兄弟同士だった。

「――――」

その時、ふと視線を感じた瑠璃子が顔を上げると、食堂の入り口に初江が佇んでいるのが目に入った。

彼女はじっとこちらを見て、誰かを睨んでいる。それは誰なのか、当然わかっていた。

瑠璃子は初江の刺すような視線を受け止め、湧き上がる胸騒ぎをぼんやりと感じていた。

馬車がガラガラと車輪の音を響かせている。窓から流れる街の景色を眺めながら、そういえば小田切家に来て出かけるのはこれが初めてだわ、と思った。

不思議な気分だった。家を出たのはそう前の事ではないのに、自分自身がまるで別のものになってしまったような気がする。

――あの頃にはもう、戻れない。

何も知らず、ただ未来を夢見ていた少女の時にはもう帰れないのだ。

なぜなら自分は、爛《ただ》れた時を知ってしまった。

「ずっと家の中にいて、息が詰まっただろう。これからは時々連れ出してあげよう」

「寄席に、夜会に、浅草を歩くのもいいな」

鈴一郎と春隆の提案に、瑠璃子はぎこちなく微笑みを返した。まだ昨日の今日で、どうしても意識してしまう。

この人達が昨夜、私を抱いた。

（——いけない。いつまでそんな事を考えているの。お二人は普通にしているじゃない）

「——ありがとうございます。お気遣いいただいて」

彼らはもう普通にしている。自分もいつまでも引きずっていないで、ちゃんとしていないと。

そうは思っても、昨夜の体験は生娘だった瑠璃子にとっては、あまりにも苛烈なものだった。いずれ夫となる人と結ばれると、ぼんやりと想像していた幻想は、それを遥かに上回る興奮と快感とで上塗りされてしまった。今ではどんなものを思い描いていたのか、もうよく思い出せない。

「——身体の調子が良くないのか？」

春隆が、そんな瑠璃子の表情をのぞき込むようにして訊ねてきた。それに気づいた瑠璃子は、座席の上で思わず硬直してしまう。顔が熱くなるのが自分でもわかった。

「優しくしたつもりだが、昨夜は無理をさせてしまったか？　お前が感じているようだったから、ついつい俺も夢中になってしまった」

「瑠璃子は本当に素敵だったからね。素晴らしい夜だったよ」

昨夜の事などすっかり忘れているような顔をしていると思ったのに、彼らはしっかりと覚えていた。あまつさえ初めてだった瑠璃子の身体を心配するような素振りさえ見せてくれて、恥ずかしさのあまりつい俯いてしまう。

「か、身体は……平気です。ご心配には及びません」

「——ならよかった。私達が君にする行為は、あれですべてではないからね」

「……えっ？」

鈴一郎の言葉に、瑠璃子は顔を上げて彼を見た。

鈴一郎は、薄く微笑んでいた。それはいつも彼が浮かべる穏やかな笑みだというのに、瞳の奥に何かが潜《ひそ》んでいる。とても荒々しい、猛々しいものが。

「怖がらなくていい。破瓜よりも痛い事などしやしない。俺達はこれからお前に快楽しか与えない」

「——」

春隆の指が顎にかかり、頬をゆっくりとなぜていく。

もう陽が昇り、すぐ背後には馬車を操る御者もいるのに。決して広いとは言えない座席の空間が、彼らの言葉と仕草によって、一気に濃密な息苦しい空気に充ち満ちていく。

じわり、と、脚の間が濡れたような感覚がした。

「……わ、私……」

はあっ、と漏らす吐息が濡れている。瑠璃子の肉体に残る、昨夜の強烈な快楽の残滓《ざんし》が疼いて、腰の奥に切ない感覚を思い起こさせた。

「また、すぐに可愛がってやる」

「楽しみにしておいで」

ああ、やはり私は変わってしまったのだ。彼らの手で、淫らな行いを好むような女になってしまった。

けれどその事実は、瑠璃子の中に甘い棘として残った。それは決して、嫌悪をもよおすものではない。

自分はこれからいったいどうなってしまうのだろう。そんな不安さえも、どこか暗い悦びに変わっていくのを、瑠璃子は自覚するのだった。

連れて来られたのは、彼らが贔屓《ひいき》にしているという洋品店だった。パリで洋服作りの修行をしたというその職人は、兄弟の服の注文を受けているという。まだ若い、とは言っても彼らよりは少し年上くらいの、言葉や仕草がどこか芝居がかっているような男だった。日本家屋の一棟を改築して、店舗兼作業場として使っているという。

「やあ、あなたが彼らの可愛らしい奥方ですね。須貝《すがい》といいます。どうぞよろしく」

「瑠璃子と申します。今はまだ、鈴一郎様達のお手伝いをしているだけです」

異人のような立ち居振る舞いの須貝に戸惑いながらも、瑠璃子は丁寧に自己紹介をした。

それが終わるのを待っていたかのように、春隆が須貝に告げる。

「彼女に洋服を作ってもらいたい。そうだな。とりあえず、普段着のドレスを五着と、それから夜会用のを一着だ」

「了解した」

「そんなに一度に……ですか」

瑠璃子は驚いて二人を振り返った。だが彼らは、何を当然のことを、と言いたげな顔をしてこちらを見ている。

「当たり前だろう。お前は小田切家の妻となる。本当ならもっと作ってもいいくらいだ」

「瑠璃子には、いつも美しくいてもらいたいからね。もちろん、君はいつも美しいけれども」

「えっ」

「服を作るには採寸しなければならないんだけど、襦袢《じゅばん》だけになってもらえるかな」

須貝の言葉に瑠璃子は驚いて彼と、それから兄弟達を見やった。

「大丈夫。ちゃんと女性の助手がいるから。タエさん、お願い」

須貝が作業場の奥に声をかけると、はい、と女性の声がして、洋服を着た女性が姿を現した。瑠璃子よりは幾分年上の、凛とした雰囲気の人だった。

「荒井《あらい》タエさん。僕の助手をしてもらっている。……タエさん、彼女の採寸を頼むよ」

「畏まりました。どうぞこちらへ」

瑠璃子は戸惑いながらも、タエに連れられて作業場と隣接している部屋に通された。そこには何着かのドレスや、ブラウスにスカートといった洋装が展示されている。わあ、と瑠璃子がため息をついた。

「素敵でしょう？　先生の作る服は」

「はい、とても……、あなたの着ておられる服も、あの方が作られたのですか？」

「ええ、そうよ」

タエは誇らしげにブラウスの仕立てを見せつけるように軽く両手を広げて見せる。その時瑠璃子は、この人は須貝さんの事が好きなのかもしれない、と思った。

「あなたも、旦那様になる方に素敵に着飾らせていただいて幸せね。それで、あなたのお相手はどちらなの？」

タエは瑠璃子の帯を解き、着物を脱がせるのを手伝いながらたずねてくる。だがその質問に、瑠璃子は思わず言葉を詰まらせた。

「ええ……まだ、そういうのでは……、私は、まだお手伝いの身ですから……」

しどろもどろに答えたが、タエは赤くなって俯く瑠璃子の様子から、何かを感じ取ったらしかった。

「――――そう」

腕の長さや胴回りなどを紐状の物差しで測りながら、タエは言葉少なに頷く。採寸した数字をタエが紙に書きつけているると、扉をコンコンと叩く音がした。

「少しお待ちになって――――、はい」

瑠璃子が部屋の死角に移動すると、扉が開いて須貝の声が聞こえてきた。

「この間作ったワイン色のやつ、多分寸法が合うと思うから着せてみて」

「わかりました」

扉が閉まると、タエは瑠璃子に向かってにっこりと笑うと、そのまま奥へと消えていく。そして次に戻ってきた時には、その手に一着の洋服を携《たずさ》えていた。

「これを着てみて」

「……これは……？　まあ、素敵」

それは深い緋色のドレスだった。しっとりとした手触りの布地は、着心地がよさそうに見える。胸元のあたりに繊細な白いフリルとリボンがついていて、腰の後ろには大きなリボンが彩りを添えている。

瑠璃子はそのドレスを着るにあたって、下着まで替えさせられた。初めて着る洋服にわくわくと心が躍る。

「とてもよくお似合いだわ」

初めて着る洋服は、身体の線を際立たせているように感じられて、なんだか恥ずかしい。けれど動きやすく、着物よりも手足の動きが自由になるような気がした。

そのまま鈴一郎と春隆の前に出ると、彼らは目を丸くして瑠璃子を見つめる。

「いいね。――――とてもいい。雰囲気ががらりと変わるようだ」

「ああ、華やかになった。今までの楚々《そそ》とした感じもいいが、こちらも捨てがたいな」

次々に褒められて、少しいたたまれなくなる。けれども、この異国の服は瑠璃子の身にしっくりと馴染んだ。

「展示用に作った服だけど、瑠璃子さんの体型に合うと思ったんだ。こちらは勉強させてもらうけど、どうする？」

「いやあ、さすが須貝さんは商売がうまい。――――どうだい、瑠璃子。その服は気に入った？」

「は――――はい、とても」

腰からふわりと広がる洋服の裾を払うと、まるで波のように布地が流れる。その動きを瑠璃子はたいそう好んだ。

「なら、その服はそのまま着ていくといい。俺達もそれを着たお前を見ていたい」

「――――いいのですか？」

実のところ、もっとこの恰好をしていたいと思っていた。以前物語で読んだお姫様の着るドレスによく似ている。だから、着ていくかと言われて、瑠璃子の表情がぱあっと輝いた。

「そんな顔をされると、もちろんだとしか言えなくなるよ」

鈴一郎に笑い混じりに言われ、少し図々しかったかと思わず反省する。けれど彼らは上機嫌で支払いを済ませ、残りは注文したものが出来上がった時に、と言って洋品店を後にする。

馬車に戻ってからも、瑠璃子は洋服の裾や袖口をしげしげと眺めていた。

「これで、以前俺がやった髪飾りにぴったりになるな」

「はい、ありがとうございます」

「それなら、その服は私からの贈り物にしよう。これでようやく春隆と肩を並べられるようになった」

「まあ、鈴一郎様ったら――」

彼らの子供っぽい張り合いに、瑠璃子は少し呆れてしまう。けれど女として、美しく装えるのは決して嫌な事ではなかった。

「私、これからも一生懸命お手伝いいたします」

瑠璃子がそう言うと、彼らは顔を見合わせて小さく笑い合う。その表情が昨夜の意地悪なものを思い起こさせ、思わずどきりとした。春隆が馬車の窓にシャッ、と覆いをした時、なんだか不穏な予感に包まれる。

「瑠璃子、その恰好だと、こういう事がとても容易になるんだよ」

「え――……？　きゃっ！」

鈴一郎がいきなり瑠璃子のスカートの裾を捲《めく》り上げ、座席から降りて跪くような体勢になる。驚いた瑠璃子は慌ててそれを押さえようとしたが、鈴一郎は素早く下着まで下ろしてしまった。

「り、鈴一郎様さまっ……！」

彼の取った行動が信じられず、同時にこんな場所で恥ずかしい恰好にされそうになり、瑠璃子は抵抗を試みる。だが、隣に座ってきた春隆に上体を押さえられ、背中から回ってきた手に胸を掴まれて、瑠璃子はびくん、と震えると動けなくなってしまった。

「――おとなしくするんだ、瑠璃子。あまり暴れると、御者が変に思うぞ」

「……だ、だってっ……」

こんな事、という間にも、鈴一郎は真新しい下着をするすると瑠璃子の脚から降ろしてしまう。片脚から抜き取られ、それはもう片方の脚にかろうじてひっかかっているだけになってしまった。

「大丈夫。外からは見えないよ。君のスカートの中がどうなっているかなんてね」

「っ……！」

鈴一郎の言葉に、ひくり、と喉がわななく。春隆は服の上から瑠璃子の豊満な胸を包み込むように手で揉みしだき、時折その頂きをカリカリと爪でひっかいた。すると胸の先から耐え難い刺激が身体中に広がっていく。

「あっ、や…んんっ、ん」

「もう覚えたのか……。いい子だ」

何を覚えたのかなんて、聞くまでもなかった。瑠璃子の肉体は昨夜の感覚をはっきりと記憶していたのだ。

「だ……め、こんな、ところで……、あ…ん」

ふいに服の上から強めに揉まれ、身体の芯が切なく疼いてしまう。

(私、どうしちゃったの)

こんな場所で、こんなことをされて悦んでしまうなんて。

「さあ、瑠璃子。私にここを舐めさせるんだ」

「あっ、いやっ、いや…あ、あ」

大きく脚を開かされ、馬車の中で自分のあられもない部分が丸見えになってしまう。瑠璃子はなんとか脚を閉じようとしたが、鈴一郎に割って入られてしまい、その両手で太腿をがっちりと摑まれてしまってはどうしようもなかった。おまけに、胸への刺激ですでに脚に力が入らなくなってしまっている。

「み、見ないでっ、見ないで……っ」

窓を覆ってしまったので馬車の中は薄暗いが、それでも顔を近づければ瑠璃子のそこがどうなっているかはわかってしまうだろう。そこはぽってりと充血し、愛撫されるのを待ち望んでいた。たった一晩で、瑠璃子の肉体は男に抱かれるために花開いてしまったのだ。

「素敵だ。とてもいやらしいよ……」

「ん、あ…ン、ああっ」

ぴちゃり、と花弁を下から上へと舐め上げられる。その瞬間にぞくぞくっ、と背中に得も言われぬ戦慄が駆け上った。

「ああ……っ」

こんな感覚は初めてだった。柔らかく力強い舌の感触は、瑠璃子の秘部を熱狂的に感じさせる。

こんな場所で、こんなふうに舐められて。

「────っ」

そう思った途端、身体が底の方からカアッと熱くなった。女陰の奥から愛液がどぷっ、と溢れ出て、鈴一郎の舌を濡らす。左右にはしたなく広げられた内腿がふるふるとわなないた。

「は、ああ…あぁ…っ、あんっんぅ…っ」

鈴一郎の舌先が、指で押し広げられた花弁を下から上へと舐め上げていく度に、背中をぞくぞくと官能の波が駆け上がる。瑠璃子は胸を揉んでいる春隆の肩に強く頭を押しつけながらその刺激に耐えた。

「舐められて気持ちがいいのか？」

「あっ…！　は、は…い」

春隆に低く囁かれて、瑠璃子は唇を震わせながら答える。ちらりと視線を落とすと、大きく開いた自分の脚の間に、鈴一郎が顔を埋めて柔らかな媚肉を吸っている。その光景がたまらなかった。服の上から乳首を探し当てられ、きゅうっとつままれると、ああっ、と嬌声を上げて仰け反ってしまう。

「洋服で乱れるお前もいいな」

「そ、んな、あ…っ、私、こんな…っ」

「いいんだよ、瑠璃子。気持ちがいい時は素直に悦んでいいんだ」

彼らの声が快楽と羞恥に沸騰した意識に響いてきた。それは瑠璃子を支配し、服従させてくる。はしたないのはいけない事だという概念をとろとろに溶かしていく。

「ほら、ここも……、飛び出してきたよ」

鈴一郎の舌先が、瑠璃子の最も耐え難い快楽の突起をそっと舐め上げてきた。それは刺激と興奮に硬くなり、丸く膨らんで鈴一郎の舌を楽しませる。

「あっあうっんっ、んん、あぁぁんん…っ」

我慢できない快感が腰から脳天まで突き上げてきた。下半身全体が甘い毒のような痺れに包まれて、瑠璃子は口の端から唾液を滴《したた》らせんばかりにして喘ぐ。

「ああ…っ、そこっ、そこ…は…あっ」

「そんなに気持ちいい……？　なら、もっと舐めてあげるよ」

皮を剝かれ、剝き出しにされた淫核を、鈴一郎の舌が弾くように責めていった。

「う、う…っ、あぁあっ」

脚の付け根に不規則に痙攣が走る。頭の中が真っ白になりそうだ。

蕩けそうな顔で喘ぐ瑠璃子の顎を春隆が摑み、嚙みつくように口づけられる。

「ん、うう…んんっ」

まるで犯されるように口の中を貪られて、そんな淫らな口吸いに、瑠璃子は自ら顔を傾けて応えてしまう。ぴちゃぴちゃという音が、もうどこから聞こえるのかわからなくなっていた。

「んあ、あ…っ、もう、もう、気をやってしまいます…っ」

「何をされて気をやるんだ。言ってみろ」

春隆が意地悪に胸の突起をこりこりと弄りながら、瑠璃子を声で責める。

そんな恥ずかしい事、言えるはずがない。

けれど今は、求める身体が止まらなかった。まるで肉体のどこかの螺子《ねじ》が外れて暴走してしまったみたいにもっともっとと欲しがっている。明らかに、昨夜よりも感じていた。

「り、鈴一郎様にっ……、瑠璃子の恥ずかしいところを、舐められています…っ、そ…そして、春隆様に、胸の、――――を、弄られて……っ」

「乳首だ、言ってみろ」

春隆に優しく有無を言わせず促され、瑠璃子はひくり、と喉を震わせる。

「ち、乳首……を、可愛がっていただいています……っ」

どうしてだろう。卑猥な言葉を口にする度に、興奮が跳ね上がっていく。いったい私は、どうしてしまったのだろう。

それでも、二人の兄弟は瑠璃子のその言葉に満足したようだった。春隆は服の上から執《しつ》拗《よう》に硬くなった乳首を引っ掻く。布越しの感覚はくすぐったさと快感がない交ぜになり、瑠璃子を何度も仰け反らせていた。

「あ、ああ、あ」

鈴一郎に舌で責められている女陰はひくひくと収縮し、その奥から愛液をしとどに迸らせている。覚えのある絶頂はもうすぐ側まで来ていた。あの、果てしなく気持ちのいい瞬間。

「よく言えたね、瑠璃子。イってごらん」

鈴一郎に尖る淫核を根元までしゃぶられ、ちゅうっ、と音を立てて吸われる。鋭い快感
が腰から頭まで突き抜けていった。

「あ、あっ…あ、だめ、ああ、あぁぁあ……っ」

長い黒髪を打ち振りながら、瑠璃子は全身で極みを味わわされる。何も考えられなくな
るほどの法悦に震え、両脚の膝ががくがくと上下した。

「もっと、もっとよがらせてやるからな。俺達の事以外、考えられなくなるように」

「は……あ、あ……っ」

激しい余韻にじんじんと身体が脈打つ。心臓の鼓動すら、今の瑠璃子には肉体を疼かせ
るものでしかなかった。

「ようやっと手に入れたんだ。瑠璃子、私達に溺れさせてあげるよ――」

白く濁る意識の中に、彼らの低い声が聞こえる。それは甘く瑠璃子を縛っていった。

きっと自分はすでに彼らに溺れている。彼らはこんなに強烈な歓びを教えてくれ、退屈な日々から救い出してくれた。

そう、自分はこれまでの平穏な日々に心を膿んでいたのかもしれない。どこかで壊されたいと願っていた。

まだ僅かに残る常識と平凡への未練が、また少し霞んでいく。

それを少し怖いと思いながらも、瑠璃子は彼らの腕と愛撫を拒めないでいた。

奇妙で、どこか歪な彼らとの関係。鈴一郎と春隆は、それから幾度となく瑠璃子を抱いた。彼らは決して瑠璃子に苦痛を与えることなく、繊細で執拗な愛撫でもって穢れを知らなかった肉体を拓《ひら》いていく。それは昼となく夜となく繰り返された。

敏感な場所を舌や指で苛《いじ》められ、瑠璃子が泣き出してしまうほどの快楽を与えられる。それは必ずしも床の中だけとは限らなかった。最初の馬車の中の時のように、人払いをした昼間の部屋や、あるいは庭の隅などでも行われる。

瑠璃子は激しい羞恥に最初こそ抗うものの、すぐに肉体が蕩けてしまい、腰を震わせて何度も絶頂を極めるようになった。

そんな時、瑠璃子の頭の中は真っ白に染められ、二人の男を相手にしているという禁忌《きんき》すらも吹き飛んでいく。

「……ああ…、許してください」

昼日中、燦々と陽の光が差し込む温室の中で、瑠璃子は着物を脱がされて立たされていた。あたりには季節の花が咲き乱れている。その中にあって瑠璃子の白い裸身は、まるでそれ自体が一輪の花のようだった。

「駄目だよ、瑠璃子。隠したりしないで、ちゃんとそこに立ってごらん」

胸と股間を隠している腕を咎められて、瑠璃子は縋るように鈴一郎を見やる。目の前には大きな作業台があり、鈴一郎はそこにもたれるようにしてこちらをじっと見ていた。春隆もまた、台の上に座って瑠璃子を観察している。

「…………」

彼らは普段瑠璃子に対してとても優しいが、こういう時には決して許してはくれない。諦めた瑠璃子は、自分の恥ずかしい場所を隠す腕を解き、身体の脇に垂らした。二人の視線が否応なしに注がれるのを感じる。

「そうしていると、天女《てんにょ》のようだな。美しい」

春隆が感心したような口調で呟いた。

「花の中に裸で立つお前を見たかった」

恥ずかしさのためか、それとも外気に触れたためか、胸の突起がぴんと硬くなって尖る。いたたまれなさに思わず目を伏せていると、ふいに彼らがこちらへ近づいてくる気配がした。はっとして顔を上げると、彼らは一輪の花を手にしている。

「あ、あの」

「動くな」

命じられ、思わず身を固くしていると、二人が手にしている花の花弁で、おもむろに瑠璃子の胸元をなぞっていった。

「ああっ」

たったそれだけで、びくん、と身体が震える。耐えられずに背後の硝子の壁に背を預けると、彼らは持っている花で瑠璃子の身体を愛撫し始めた。

「んっ……あ…ん、やっ…」

優しく、優しく花が肌の上を滑っていく。冷たい花びらが火照った身体の上を滑っていくと、どうしようもなく感じてしまう。脚の間がじわりと濡れてくるのがわかった。

「あ…っ、く、くすぐったい……です…」

「それだけじゃないだろう?」

「あっ、あぁんっ」

花びらが乳首をなぞっていく。はっきりとした快感が胸の先から身体中へと広がっていった。

「本当に感じやすくなったな、瑠璃子は」

両の乳首を花で責められると、膝から力が抜けてしまいそうになる。瑠璃子は懸命にそれに耐え、必死で立とうとした。

「ああ……、もう、立って、いられな……っ」

「もう少し我慢しておいで」

鈴一郎のやんわりとした命令が瑠璃子を縛りつける。花びらで脇腹を撫でられた時は、思わず高い声が出てしまった。そんな身体を宥めるように、花びらが腰から太腿へと伝い降りていく。

「脚を開くんだ、瑠璃子」

「あ、だ、だめえ……」

何をされるのかわかってしまって、瑠璃子は掠れた声で春隆に哀願した。

「できるだろう？　お前はいい子だ」

そんなふうに言われると、どうしても逆らいきれない。瑠璃子は濡れた唇を噛みしめると、両脚を少しずつ左右に開いていった。やがて内腿同士が完全に離れると、彼らは両側から太腿をそっと広げる。

「ああっ」

二本の花が脚の間に触れてきた。花びらの軽い感触が綻びかけた割れ目をなぞると、そこが濡れた淵《ふち》を開ける。すると蜜壷を潤していた愛液があふれ、花びらを濡らしていった。

「こんなに濡れていたのか」

「あ、ごめんなさ……ごめんなさいっ…」

「謝る事はないよ。君が悦んでくれるのが私達の歓びだ」

二人の言葉に恥じらいと共に快感が押し寄せる。興奮と刺激で尖った淫核を、花弁が優しく撫でていった。

「ふ、あ、あぁあ…ん…っ」

まるで神経の塊のようなその突起は、ほんのささいな刺激にも耐えられない。

「君のめしべが花のめしべとキスをしている。濡れているのはどっちの蜜かな」

「あん、や、そん…なこと、言わない…で…っ」

両脚ががくがくと震えた。恥ずかしいのに、それが感じてしまう。興奮のあまり身体が火を噴きそうだった。

そして瑠璃子の脚からとうとう力が抜け、がくりと膝を折ってしまった時、すかさず彼らに抱き留められる。

「大丈夫か？」

「あ…あ」

「ここで私達に支えられながら立って入れられるのと、そこの台で入れられるのと、どっちがいい？」

鈴一郎が淫らな問いを投げかけてくる。答えあぐねていると乳房を揉まれ、ああっ、と身体が仰け反った。

「だ、台で……お願いします」

「わかった。連れていってやろう」

ふわりと浮遊感が襲い、瑠璃子は春隆に抱き上げられる。そのまま先ほど彼らが腰を下ろしていた作業台の上に降ろされると、両脚が大きく開かれた。

「きゃあっ」

自分のあまりの恰好に、瑠璃子は小さく悲鳴を上げる。天井から陽の光が降り注いで瑠璃子の裸身に注ぎ、その痴態をあますところなく浮かび上がらせていた。

「綺麗だよ。瑠璃子。君はまるで男を誑《たぶら》かす春の精だ」

「わ――私、誑かして、なんか……、あふ、ううんっ」

鈴一郎の指が女陰の中にゆっくりと差し込まれる。たっぷりと蜜を湛えていたそこは、なんの抵抗もなく指を二本呑み込んでいった。

「すごく柔らかくなって、濡れてる」

彼が指を動かす度に、くちゅくちゅと卑猥な音が温室に響く。感じる媚肉を捏ねられて、下腹部に熱い快感が走った。

「あ、う…うっ」

「ずいぶん慣れたね。覚えのいい子だ」

褒められると嬉しい。それは、書類をきちんと翻訳できた時も、こうして淫らな身体を晒した時も同じくらいの歓びを瑠璃子にもたらしていった。二人に施される責めを、瑠璃子は戸惑いながらも受け入れている。

「あっ、きゃあんっ」

ふいに両の乳房を春隆に強く揉みしだかれ、瑠璃子は快感の悲鳴を上げた。大きな手が柔らかな乳房に埋まり、形を変えるように捏ね回していく。

「また、胸が大きくなったんじゃないのか？　俺達がようく揉んでいるからかな」

「あっ、あっ、春隆……さま…っ」

やわやわと乳房を揉まれ、蜜壺を指で穿たれて、陽の光に照らされた裸身がひくひくと蠢く。肌に敷かれた汗がきらきらと光り、そのまばゆさに男達は目を眇めた。

「美しいな。君は、まさに性愛の天使だ」

ずる、と指が引き抜かれると、自分の中が狂おしく収縮しているのがわかる。抜かないで欲しい――――と、内心で思っていると、鈴一郎のものがそこに押しつけられた。

「入れるよ」

「は、あっ」

潤った女陰に、猛った凶器が潜り込んでくる。先端がぐぷ、と中に入った瞬間、背筋にぞくぞくとした戦慄が走った。

「あん、あ」

内壁を押し広げられながら挿入されるのが、泣きたくなるほど気持ちがいい。つい先日まで生娘だったというのに、瑠璃子の肉体は、彼らの手によって、今や信じられないほどに拓かれてしまっていた。

「ああ、あ、あ……っ」

ゆっくりと奥まで入れられて、両脚ががくがくとわななく。鈴一郎が瑠璃子の中を攪拌《かくはん》するように突き上げ出すと、下腹部の奥がカアッと熱くなった。

「う、う……っ、あん、ああっ」

きゅうきゅうと締まる内壁から生まれる快感が、全身へと広がっていく。この身体からこんな快楽が生まれ出るなんて、予想した事もなかった。

「ああ…あ、と、けそ…う、ですっ……」

「私もだよ、瑠璃子。君の中がとっても貪欲に食いついてくる」

鈴一郎が抽送する度に、蜜壺から卑猥な音が漏れてくる。乳房を揉んでいた春隆の指は今やその先端へと移り、ぴんと尖った乳首を優しく転がしていた。

「あ、あ…あ、はあっ、あぁんん」

身体のあちこちが気持ちよくて、瑠璃子はもう声を抑える事を忘れてしまう。次第に鈴一郎の動きが速まり、脈動が強く大きくなってくると、台の上から背中を浮かせて喘いだ。

「ふあ、あう、り、鈴一郎、様、も、もう…っ」

「……イきそうかい、瑠璃子」

訊ねられて、瑠璃子は何度も頷いた。腰骨が砕けそうな愉悦だった。鈴一郎も限界が近いらしく、普段の穏やかな雰囲気をかなぐり捨てたように瑠璃子を貪ってくる。

「いいよ……、一緒にいこう」

降り注いでくる陽の光が眩しい。こんな明るい場所で感じて極めそうになっているなんて、恥知らずもいいところだ。けれど、そんな事をしているという事実が、よけいに瑠璃子を興奮させる。

「ん――――あ、あぁあぁ…っっ」

内奥で熱い飛沫《ひまつ》が弾けた。媚肉を濡らされる感覚に瑠璃子の中の快感も弾け、仰け反った背中をぶるぶると震わせながら果てる。抱かれる毎に深くなる絶頂の感覚は、瑠璃子を底なしの愉悦へと引きずりこんでいくようだった。

「……イったみたいだね」

まだ引かない波に、身体がひくひくと震えている。鈴一郎のものがゆっくりと中から引き抜かれた時も、その感覚にぞくりと背中がわななないた。

「今度は俺だ、瑠璃子」

「あ……あ」

達した身体は敏感になってしまうというのに、瑠璃子は許されずに今度は春隆に組み敷かれる。しとどに濡れた女陰からは、鈴一郎が放ったものが白く溢れていた。春隆はその同じ場所にためらいもなく自らの男根を含ませる。

「んんっ」

「気持ちよさそうに痙攣して。可愛いな」

「ああ……、これ以上、されたら、変になってしまいます……っ」

快楽は瑠璃子を蝕み、何か違う生きものへと変えられてしまうような感じがする。それが怖いという気持ちと、さらなる悦楽と興奮を味わいたいという気持ち。その二つの狭間で瑠璃子は揺れていた。

だが春隆は瑠璃子のそんな葛藤など忖度《そんたく》なしに、その凶器を蜜壺の奥まで突き入れてくる。

「あんんんうっ」

身体中が総毛立った。媚肉を擦られるのがたまらなくて、台から浮いた背中の震えが止まらない。

「いいぞ、瑠璃子――――。熱くて、柔らかくて絡みついてくる。もっとここを開くんだ。根元まで入れてやるから――――」

「あっ！　あっあっ、恥ずかし……っ」

脚の付け根近くを強く摑まれ、更に股間を押し開かれた。春隆の男根がずぶずぶと埋まり、奥の奥まで届いてしまう。

「あ、ひ……ぃ、ああっ」

そのままゆっくりとかき回すように動かれて、あまりの良さに気が遠くなりかける。目の前にちかちかと白い光が瞬いた。

「んぁあ……っ、い、いぃ…っ、い…っ」

「そんなにいいのかい、瑠璃子」

鈴一郎がふいに瑠璃子の頰を両手で包み込み、喘ぐ濡れた唇に口づけてくる。

「んん、ふうぅ…っ」

もうわけもわからず、夢中になって舌を絡ませて吸い合った。下半身も口の中も気持ちがよくて、いけないのに慎みを忘れてしまいそうになる。

「ふふ、いやらしいね」

「兄さん、瑠璃子の一番感じるところを触ってやってくれ。さっきから尖りきってかわいそうだ」

瑠璃子の淫核は内部への刺激と興奮で硬く尖り、皮から飛び出してそそり立っていた。春隆に深く突き入れられる度にそれがひくひくと震え、弄って欲しそうに膨らんでいる。

「本当だ。気がつかなくてごめんよ、瑠璃子」

「あ、あっ…あっ、だ、だめ、それ、触っちゃっ……、ああ、あぁんんんっ」

鈴一郎の指でそれを捕らえられ、くりくりと転がされて、頭の中まで突き抜けそうな鋭い刺激が走った。

「あ、くぁ…ああ、あんっあんっ」

温室の中に瑠璃子の耐えきれない声が響く。淫核を責められると、内壁が勝手に春隆を締めつけ、収縮した。蜜壺を突かれながらこんなに鋭敏な所を弄られるのは、たまったものではない。

「ああっだめっ…、そこ、だめ、え…っ」

腰が、春隆の動きに合わせるように蠢く。女陰の奥が痙攣し始めるのが自分でもわかった。

「イイのか？　瑠璃子……」

「あ、あ…はぁ、きもち、いいの…っ」

ぐぐっ、と背中が仰け反り、瑠璃子は喉を反らして快楽にのたうつ。

その時、ふと視線のようなものを感じて、長い睫をわななかせながらうっすらと目を開けた。

温室の外、木の葉が生い茂る陰に、誰かがいるような気がする。そこから投げかけられる視線は刺すように瑠璃子の肌を貫き、焦げつくような感覚をもたらした。

「あ！　あ――――あ」

びくん、と絶頂の予感に身体が跳ねる。

（誰？）

見られている――――こんな恥ずかしい姿を。

「ああ、い…や、イくっ、も…っ、イきます……っう、ふあ、あぁああ…ああ…っ」

ぎゅうっ、と内壁を締め上げると、春隆の切羽詰まったような呻きが聞こえ、その直後に肉洞にどっと熱いものが迸った。指先まで焦げつくほどの極み。瑠璃子は啜り泣き、ありえないほどの興奮にびくびくと肌をわななかせた。

「……っふう、まさか持っていかれるとはな。よかったぞ瑠璃子」

「君は本当に淫らで素晴らしいよ」

鈴一郎と春隆が、脱力し、荒い息を繰り返している瑠璃子の髪を梳《す》き、肌を優しく撫でてくれる。そんな後戯に時折ひくりと身体を震わせながら、瑠璃子は再び目を開け、先ほどの場所を見やった。

けれど、その場所にはもう、誰の気配も感じられなかった。

「――――どちらにいらしていたんです？」

鈴一郎と春隆には先に戻ってもらい、瑠璃子は身支度を調えてから屋敷へと戻っていった。彼らはそれを手伝うと言ったが、瑠璃子は火照った頰を少し冷ましてから戻りたかったので、お願いして一人置いてきてもらったのだ。それでも春隆は少し渋っていたが、女性は色々とあるだろうと、鈴一郎が促して連れていった。

そうして少しの間外の風に当たり、激しい情欲の嵐が過ぎ去った頃、瑠璃子はようやく日常の中に戻る事ができた。だが、玄関ホールに足を踏み入れたところで、初江に呼び止められてしまう。

「……あ、お二人と温室に行っていて……」

「旦那様方はとっくにお戻りですよ。あなた一人で、何を油を売っていたんです？」

「ごめんなさい」

瑠璃子は素直に頭を下げた。

「温室のお花がとっても綺麗だったので、少し一人で眺めていたんです。――あのお花達は、初江さんがお世話をなさっているのですか？　とても見事ですね」

若干嘘をついたのは気が咎《とが》めるが、温室の花が美しいと思ったのは事実だった。それを心のままに褒めると、初江は少したじろいだような顔を見せる。

「そんな事は、当然です。旦那様方からお預かりした大切な花ですから」

初江はこの屋敷における仕事を、誇りを持ってやっているのだろう。それこそ、ここは彼女の聖域に違いない。それなのに自分のような者がやってきて大きな顔をしていれば、それは彼女の矜持《きょうじ》を傷つける事になる。

なのに、初江が世話する温室であんな淫らな行いをした事が、ひどく後ろめたくて仕方がなかった。

(私は、いけない事をしたんだわ)

では、あれは初江だったのだろうか。

木の陰にいた人影。それは鈴一郎と春隆に抱かれて乱れる瑠璃子を、責めるように見つめていた。あんな姿を見られていたなんてと、瑠璃子は恥ずかしさのあまり縮こまらんばかりになる。

「初江さんは、先ほど温室の側までいらっしゃいましたか……？」

「いいえ」

瑠璃子が恥を忍んで問うと、初江はきっぱりと否定した。

「私は、ずっとここでお掃除をしていました」

「……そうですか」

それを聞いて瑠璃子はほっとする。よかった。彼女に見られていたのではなかったのだ。

では、あの視線は誰のものだったのだろう。他の奉公人達だろうか。

「失礼いたしました。私もすぐ、お手伝いをいたしますね」

瑠璃子が一度部屋に戻ろうとした時、玄関から来訪客を告げる呼び鈴が聞こえる。初江が瑠璃子を押し退けるようにして扉を開けると、そこには見覚えのある男が立っていた。

「こんにちは。――やあ、瑠璃子さん」

「須貝さん！」

先日、瑠璃子が鈴一郎と春隆に連れられていった洋品店の店主だった。その後ろにはタエもいて、両手に大きな箱を抱えている。

「ご注文の服とドレスが出来たので、お届けに上がったんですよ」

「どうもありがとうございます。すぐに、お二人をお呼びして参りますね」

「――瑠璃子さん、旦那様方は私が呼びに参ります。あなたはお客様を応接間にお通ししてあげてください」

そう言うと初江は須貝に一礼し、さっさとホールの階段を上がっていってしまった。

「あ、あの、こちらへどうぞ」

抱かれた直後なのにお客様のお相手をするなんて、と、瑠璃子は恥ずかしさにうなじを染めながら須貝達を案内する。応接間に通してから、幸いな事に鈴一郎達はすぐに来た。

「早かったな」

「最優先で作ったからね」

「どうぞ、お改めくださいませ」

タエが箱を開け、中の洋服が現れた時、瑠璃子の目が思わず輝く。これまで商家の娘として様々な品物を見てきたが、これらはその中でも間違いなく最上の部類に入るものだった。

「――――素敵。なんて肌触りなんでしょう」

彼らは普段に着る洋服だと言っていたが、それでは少しもったいないほどの生地と作りだった。

「瑠璃子も洋服に慣れてもらわないとな。今後はそちらを着る事も多くなるだろう。おいおい増やしていくから、色や形の好みが出てきたら言うといい」

「ありがとうございます。でも、よろしいのでしょうか、そんなに――」

鈴一郎の言葉にためらうと、春隆が重ねるように言った。

「瑠璃子、言っただろう。小田切家の人間として、恥ずかしくない装いをしてもらわねばならない」

「そうだよ瑠璃子。君は僕たちの妻になるんだからね」

「は、はい」

慌てて頷くと同時に、須貝達がいる事に気づいて瑠璃子は思わずひやりとした思いになる。彼らは瑠璃子の事を妻にすると言ってはいるが、どちらの妻になるのかは言ってはいない。通常であれば長男である鈴一郎に嫁ぐのが順当だが、春隆もまた、瑠璃子を自分の許嫁のように振る舞っている。

変に思われたりはしないだろうか――と、ちらりと須貝の方を見たが、彼もタエも、まったく不審げな顔をしてはいないようだった。よかった、と、瑠璃子はほっと息をつく。

だがそこで唐突に、刺すような視線を感じた。いつの間にか、紅茶を運んできた初江が瑠璃子を見ている。いつものの、敵意すら感じられるような目。

(初江さんは、まだ私を認めてくださらないのかしら)

だとしたら、それは自分が至らないからだと思う。早く小田切家の嫁としてふさわしい女にならなくては――――と思っていると、ふいに鈴一郎に言葉を向けられた。

「――――というわけだから、来月の夜会に君を出すよ」

「え？」

ぱちくりと目を開いて確認すると、春隆が呆れたように言う。

「なんだ。聞いていなかったのか？　来月、ここで開く夜会に、お前を出すと言っているんだ。もちろん、この家の妻としてな。そのために、ドレスを作った」

「な――――、ええ？」

瑠璃子は驚愕を隠せなかった。自分がそんな華やかな場に列せられる事もであるが、いったい、どちらの妻として――――？

「心配する事はないよ、瑠璃子」

鈴一郎が微笑みながら瑠璃子を諭す。

「どちらの妻であったとしても、関係ない――――。形式的には君は私と結婚する事になるのかもしれない。けれど、君自身は、私とこの春隆のものだ」

彼は須貝の前で堂々とそれを言い切った。タエと、初江もいる。恐る恐る彼らを見ると、須貝もタエも、まるで当然のような顔でそれを聞いていた。ただ一人初江だけは、無表情で給仕を続けている。

「ふうん。相変わらず伯爵達は風変わりだ」

「本当。お二人からそんなにも愛される瑠璃子さんが羨ましいですわ」

「――あの、驚かれないの、ですか……?」

瑠璃子はおそるおそる須貝に訊ねてみた。だが彼は、肩を竦めて微笑んだだけだった。

「小田切伯爵のエキセントリックぶりは社交界に広く知れ渡っていますからね。けれどまあ、いいのではないでしょうか。たとえば、長男に嫁いだ花嫁がなんらかの理由で夫を亡くした場合、その弟に嫁ぐというのはめずらしい話ではない」

「……そう、なのでしょうか……?」

あまりにあっさりと言われるので、瑠璃子は自分の感覚の方がおかしいのではと思い始めた。確かに、これまで彼らの言う事は正しかった。瑠璃子が二人と会った、小さな少女の頃から。

「お前が憂慮《ゆうりょ》する事は何もない、瑠璃子」

春隆の手が肩に置かれる。

「お前の美しさに、きっとみんな釘付けになるだろう。来月が楽しみだな」

「招待客の手配はどうなっている、初江」

「すべて、滞《とどこお》りなくすませてございます、旦那様」

鈴一郎の問いに、初江は粛々と答えた。

「そうか。色々と準備があるだろうが、よろしく頼むよ」

「承知致しました」

初江は給仕を終えた銀のトレイを持って、深々と一礼する。それを横目に見ながら、瑠璃子は自分が置かれた状況に、緊張のあまり身震いをするのだった。

夜会を来月に控えた瑠璃子には、覚える事が山のようにあった。何せ初めての西洋式の宴なのだ。それも小田切家の妻として出るからには、自分が失敗すれば鈴一郎と春隆に恥をかかせる事になる。それだけは絶対にあってはならない事だった。

そんな瑠璃子のために、彼らは礼法の臨時教師を雇ってくれたり、自らダンスを教えてくれたりした。

そして、最も大事なのが招待客を把握する事だった。当然のことながら、小田切家が呼ぶ客は上流階級でもあり、一商家の育ちの瑠璃子にとってはまるで別世界の事のようだった。

「田ノ中《たのなか》男爵は？」

「取引先の田ノ中商会の社主様《しゃしゅ》です。男爵ご自身と、奥方様がいらっしゃいます」

「端野頼久《はたのよりひさ》様」

「五光《ごこう》デパートの、舶来品担当でいらっしゃいます」

「正解。すべて覚えたじゃないか」

出席者の名簿を見ながら、鈴一郎が挙げていく名前の人物を解説していく。デスクに座る鈴一郎は、楽しげに瞳を輝かせながら瑠璃子を見やった。

「でも、まだ完璧ではありませんわ」

「別に試験じゃないんだ。当日は私も側についているし、何かあったらサポートするさ」

鈴一郎はそうは言うが、瑠璃子は不安でいっぱいだった。

「でも……」

自分は本当に小田切家の妻として認められるのだろうか。

彼らが瑠璃子に対して告げた言葉は、とても嬉しいけれども、現実的な問題というのはやはり別だ。何故なら、自分達は少なからず世間を欺《あざむ》いている。

「本当にそう思うのかい？」

鈴一郎はおかしそうに笑って紅茶を口元に運ぶ。瑠璃子はその様子を、ソファに座って眺めていた。

「私は普通の女です。お二人ほど肝が据わっているわけではありませんもの」

そう言って苦笑し、自分の前にも置かれているティーカップをそっと口元に運んだ。必死で諳《そら》んじていたせいか、喉が渇いている。

「普通、ね」

　カチャリ、と小さな音がして、鈴一郎がカップをソーサーに置いたのだとわかった。瑠璃子もまたそれに倣うようにして顔を上げる。

「じゃあ、もう一度だ、瑠璃子」

「はい。お願いいたします」

「では、ここへおいで」

　鈴一郎はそう言うと、自分の膝の上を叩いた。

「え……っ」

　瑠璃子は戸惑い、困ったように鈴一郎の顔を見る。頬がうっすらと紅くなるのが自分でもわかった。

「どうしたんだ？　誰も見ていないよ。それとも、ここへ来るのは嫌かい？」

「い、いえ――――、参ります」

　瑠璃子は恥じらいつつも、促されるままに机の前の鈴一郎の膝の上に座る。

「重くないですか？」

「全然。羽根のように軽いよ」

　彼はそう言って、机の上の書類の一枚を手にとった。

「はい」

「夜会で瑠璃子が自己紹介をする時の文言だ。声に出して読んでごらん」

　これは何度か読んで、もうほとんど暗記している。瑠璃子は紙を受け取り、目の前に招待客がいるつもりになってその内容を読み上げた。

「本日はお忙しい中、私どものためにお集まりいただき、誠に感謝しております。黛宗吉《そうきち》が娘、瑠璃子と申します。どうぞよろしくお願いいたします――」

　瑠璃子がそれを読み上げている間、鈴一郎の手が後ろから瑠璃子の洋服のスカートをそろそろとたくし上げてくる。

「え…っ」

「続けて」

　悪戯な手の行方が気になるが、それでも瑠璃子は気を取り直し、次の文章を読んだ。

「父は浅草で、小間物屋を営んでおります。昔は反物が主でしたが、最近は時節の移り変わりもありまし……て…、きゃあっ」

　鈴一郎の手の感触を太腿に感じ、瑠璃子は思わず声を上げてしまう。だが鈴一郎は、何食わぬ口調で告げた。

「そんな事が書いてあるのか？」

そして責めるように軽く内腿をぴしゃりと叩く。その瞬間、背筋にじん、としたものが走って、瑠璃子は思わず息を呑んだ。鈴一郎の手は、何度も脚の内側をなぞり、そのうち大胆にも下着の中に忍び込んでくる。

「続けて、瑠璃子」

「は……い、最近は…、時節の移り変わりもありまし、て、雑貨や、菓子なども……、あっ……か…、あ、あっ」

淫らな指が瑠璃子の女陰を左右に広げるようにして触ってきた。そこはほんの少し触れられただけでとろりと濡れてしまい、自らのはしたなさを雄弁に物語ってしまう。

「どうした？　止まっているぞ」

「り、鈴一郎様……、おゆるし、くださ…っ」

思わず許しを請うた瑠璃子の女陰の入り口で、彼の指先が花弁をくすぐるように動いた。奥がずくん、と疼く。

「もう読めないのか？」

「む、むりです……、こん、な…っ」

指先が少し中に潜り込んでは、蜜をかき出すように抜かれる。快感がじわじわと腰に広がり、瑠璃子の目はもう文字を追うどころではなかった。

「ほんの少し触っているだけだぞ。しようのない奴だな」

「あ、あああ……、だっ、て…」

「こんなに濡らして」

意地の悪い囁きが耳元をくすぐり、瑠璃子は首筋まで真っ赤に染めてしまう。恥ずかしい。だが、そう思うほどに彼の指の動きで感じてしまい、くちゅくちゅとはしたない音が漏れた。

「聞こえるか？　この音。瑠璃子はここを弄られるのが大好きになったからな。気持ちがいいだろう」

鈴一郎の指先が最も鋭敏な突起の皮を器用に剝き、尖ったそれをくりくりと転がしてくる。途端に鋭い快感が頭まで突き抜け、瑠璃子は彼の膝の上で硬直した。

「あ、はっ……！　ああ、そこっ……」

ここを弄られると、もう駄目だった。甘い痺れが爪先までも侵して、腰が蕩けそうになってくる。

「どんどん大きくなってきた」

「あ、あんっ……あああっ……」

気持ちがいい。たとえ昼だろうと夜だろうと、瑠璃子は彼らに触れられると、まるで身体に火がついたようになってしまうのだ。自分はこんなに淫らな質だったのかと思うほどに。

瑠璃子の淫核は鈴一郎に苛められ、狂おしくわなないていた。快感のあまりに、両脚がぶるぶると震える。

「私にこうされるのが好きかい？」

「…っは、い…っ、すき、です……っ」

たとえどんな恥ずかしい事をされようとも、瑠璃子が彼らを嫌いになる事などありはしなかった。鈴一郎は瑠璃子を弄ぶように抱いてくるけれども、本当に嫌だと思う事はしてこない。もっとも、瑠璃子はこれまでの行為で本気で嫌だと思った事がないのだが。

「可愛いね。嬉しいよ」

「あ、あ……っ、鈴一郎様、私、も……っ」

苦しい体勢で後ろを振り向くと、鈴一郎に唇を吸われる。瑠璃子は夢中になって彼の舌を吸い返し、深い口づけに恍惚《こうこつ》となった。彼は片手で瑠璃子の胸を摑み、服の上から揉みしだいてくる。

「んん、ふう…んんっ、ああっ」

息も奪われてしまいそうな接吻から解放されると、たまりかねて声が出る。まだ明るいのに、鈴一郎が仕事をする机の前で不埒《ふらち》な事をしているのが途方もない後ろめたさと背徳感を呼び起こしていった。けれど彼は、瑠璃子のそんなためらいもお構いなしに、弱い部分を執拗に責めてくる。その指先がふいに淫核をつまみ上げ、布越しに乳首も同じようにされてしまい、とうとう絶頂に達してしまった。

「んあ、あああぁあんっ……」

泣くような声を上げながら、瑠璃子は全身で快楽を訴える。鈴一郎の膝の上で身体を反らしながら、激しい余韻にひくひくと震えていた。

「……達してしまったね。気持ちがよかった？」

「……は……い、とてもよかった……です」

「素直だね。いい子だ」

首筋に接吻をされると、過敏になっている身体が反応してしまう。思わず熱いため息を漏らすと、彼は目を細めて微笑み、瑠璃子の腰を抱えたまま椅子からガタリと立ち上がった。

「あ……」

「そこに手をついて」

瑠璃子は机の上に肘をついて上体を預ける。鈴一郎は瑠璃子の下着を引き下ろしてしまうと、それを片脚から抜き、その後で大胆にスカートをたくしあげてきた。濡れた、恥ずかしい部分が外気に晒される。その感覚に小さく喘いだ。

「ご褒美をあげよう」

瑠璃子はもう、この後何をされるのかわかってしまった。その途端に腰の奥が疼きはじめ、媚肉が収縮を繰り返す。彼が後ろから秘部を押し開くと、くちゃ、と密やかな音がした。奥の方から愛液が溢れてきて、内股を伝っていくのがわかる。

「とてもいやらしい眺めだ。ほんの少し前まで生娘だったなんてとても思えないよ」

「ああ……」

ぐぷ、と先端を呑み込まされると、じん、とした快感が走った。鈴一郎はそのまま、自身を一気に蜜壺の中へと挿入していく。

「ああああっ」

背中から腰にかけてが、ぞくぞくっ、と泡立った。彼のもので満たされる感覚が、泣きたくなるほどに気持ちがいい。

「ふあ…あ……っ、ああ…っ」

「最近、本当に中が良さそうだね」

鈴一郎はそのまま律動を刻みながら告げる。彼の言う通りだった。瑠璃子の蜜壺は、彼らに何度も抱かれて貫かれるうちに、男根を受け入れて深い快楽を得られる場所になっていった。

「あ、あんん…っ、そ、それは…っ、お二方が……っ」

鈴一郎が深く、浅く突き上げてくる度に、耐え難い快感が湧き上がってくる。媚肉を擦られ、時にはかき回されて、瑠璃子はつるつるとした机に必死で縋りつくようにして悶えていた。

「そうだね。私達が丁寧に瑠璃子の身体を拓いてきたからだ。でも、君は私達の想像以上だったよ」

何が想像以上なのだろう。でも、きっといやらしい事のような気がする。瑠璃子は身悶えしながら、内部を犯してくる彼のものを身体が望むままに締め上げた。

「ふ、ああんっ…、お、願いです…っ、瑠璃子がどんなにいやらしくても……、嫌わないでくださいまし…っ」

はしたなさのあまり、彼らに呆れられてしまったらどうしよう。それが恐くて、瑠璃子は快楽に溺れつつもおののいてしまう。だが次の瞬間、急に鈴一郎の抽送が激しくなった。

「ひあ！　……ああぁんっ」

「まったく、煽ってくれるな、瑠璃子は……っ」

彼はまるで、いつもの余裕をかなぐり捨てたように瑠璃子を貪ってくる。そんな鈴一郎の動きに翻弄され、感じさせられて、濡れた唇からせっぱつまった嬌声が漏れた。

「あっ、あっあっ、だめ…え……っ、イっちゃ…っ」

「私達が君を嫌いになるはずがない。むしろ、瑠璃子が私達を嫌いになる可能性の方が大きいと思っているよ。――――でも、もう駄目だ。たとえ君が私達を嫌いになっても、決して放してはあげられない」

鈴一郎の言葉が、睦言のように肌に染み渡る。瑠璃子は啜り泣いていた。肉体の快楽のせいなのか、それとも彼の睦言が嬉しかったからなのか、もうよくわからなくなっている。

いつもそうだった。彼らの行為は、瑠璃子に激しい惑乱をもたらしてくる。

「ふうっ、んっ、あんっんっ――――」

「瑠璃子。私達の――――、私のものだ」

「ああっ、鈴一郎様ぁ……っ、わ…たし、も……っ」

一際深く、強く突き入れられ、瑠璃子の肢体がびくん、と大きく跳ねた。腰の奥で快感が弾け、それと同時に熱い飛沫が内壁に叩きつけられる。

「あぁあぁ……っ」

細く長い、切れ切れの声を上げ、瑠璃子は快楽を極めた。背後では鈴一郎が息をつめて

いる気配が伝わってくる。同時に達する事ができるのは、ひどく嬉しかった。

「……瑠璃子、私といる時は、私の事だけを……」

鈴一郎の、どこか切実な声が響いてくる。瑠璃子は白く濁った意識の中で、はい、と頷いたような気がした。

夜会までの勉強の日々の中で、瑠璃子の息抜きと言えば本を読むことだった。フランス語を学んだきっかけも、当時の文学を原書で読みたいという理由があったからだ。

小田切家は書庫に豊富な蔵書を蓄えている。その中には瑠璃子が読みたがっていた本も多くあった。

本を選んで、部屋に持ち帰って読めばいいものの、ついそのままその場で読み出してしまう。書庫にはおあつらえむきに大きな長椅子が置いてあるものだから、そこに座ってページを捲り出した。

だが、やはり連日の勉強や仕事でかなり神経を使っていたのだろう。その日はいくらも読まないうちに、瞼が重くなってきてしまった。

（部屋に戻って、少し休んだ方がいいかしら）

そう考えつつも、瑠璃子は長椅子に横になる。

（少しだけ）

ほんの少しだけここで眠っていこう。そう思って瞼を閉じると、瑠璃子の意識はたちまち眠りの淵へと引き込まれていった。

「……ん……」

ぼんやりとした覚醒が、瑠璃子を現実の世界に引き戻した。ずいぶん深く眠ってしまったらしい。

（いけない！　こんなところを初江さんに見つかったら、叱られてしまう――）

瑠璃子は慌てて長椅子から身を起こす。すると、すぐ隣に誰かが座っているのに気づいて、思わず悲鳴を上げそうになってしまった。

「きゃ――、……春隆様？」

「よく寝ていたな。可愛い寝顔だった」

いつの間にか春隆が入ってきて、瑠璃子が寝ている長椅子に腰を下ろしていた。どれくらいの間寝顔を見られていたものか、気の抜けた姿を晒してしまった事に恥じ入ってしまう。

「も、申し訳ありません――」

「謝る事はないさ。資料を探しに来たんだが、思わぬものを見られて幸運だった」

「意地が悪いです……」

瑠璃子は赤くなって呟きながら、寝乱れた髪や洋服を直した。

「疲れているのか？」

春隆の指が瑠璃子の髪を梳く。その優しい仕草にどきりとした。

「夜会が近いですから。覚えなければならない事もたくさんありますし」

「無理する事はない。足りないところは俺達が補っておく」

「そんな事はできません。私が至らなければ、鈴一郎様達に恥をかかせてしまいます」

そう言うと、春隆は声を立てて笑う。

「お前はそういうところは強情だな」

彼は兄の鈴一郎に比べると少しきついような印象を受けるが、笑った顔はとても優しかった。彼のそういったところを発見する度に、瑠璃子は春隆への想いを深めていく。それは鈴一郎と比べるものではないけれども。

「瑠璃子」

「はい」

春隆が改まった様子で口火を切ったので、自然と瑠璃子も背筋を正す。けれど、彼が口にした内容は、思いもかけない事だった。

「建て前上の事とはいえ、お前が兄さんの妻になるのは、やはり少し妬けるな」

「春隆様……」

それは、春隆の本音なのだろうか。瑠璃子は言葉に詰まってしまう。本当は、どちらも選びたくなんかない。このまま彼ら二人の側にいたいのだ。

だがそれでは、春隆が報われない事になってしまうのではないだろうか。それを思うと、瑠璃子からは求めづらいものがあるのだ。

「私は、欲深い女です……」

春隆が自分ではなく別の女性と添うのは、瑠璃子にしても心中は穏やかではいられない。けれども自分だけを見て欲しいとは、自分の口からは言えなかった。瑠璃子は彼ら兄弟を平等に愛してはいたが、世間はそれを許さないだろう。

「――瑠璃子、俺の事が好きか？」

ふいに春隆に訊ねられ、瑠璃子は頷いた。

「私は、春隆様の事もお慕いしております」

「そうか」

春隆は次の瞬間、瑠璃子の肢体をその腕の中に抱き締めてきた。

「それならいい」

「春隆様……」

「俺はそれだけでいいんだ。瑠璃子。俺は兄さんの影になって生きていく覚悟はできている。形式などどうでもいい。お前が、俺達の、俺の側にいさえすれば」

「私はお二人の側にいたいです。……出来ることなら、死ぬまで」

春隆の胸に顔を埋めて呟くと、顔を上げさせられ、熱い接吻を受けた。それだけで身体が熱くなっていくのがわかる。

「ん……、ぅん」

熱烈に舌を絡ませ合い、唾液を啜り合う。いつの間にかそんな淫らな口づけができるほどになってしまった。

「今だけは、お前を独り占めしてもいいか？」

「……はい、今は…、瑠璃子は、春隆様のものです」

低く熱い囁きが鼓膜をくすぐり、ふわん、とした膜に包まれていく。今し方起き上がった長椅子に再び沈められながら、瑠璃子は春隆の背中にしっかりと両手を回していった。

熱く濡れた舌先が、胸の頂を舐め回している。硬く尖った突起を時折甘噛みされるように愛撫され、瑠璃子は恍惚とした喘ぎを漏らしていた。

「……あ、あ、あ…ん」

胸をたっぷりと揉まれながら乳首を転がされると、甘い刺激が身体中に広がっていく。春隆の舌先は丁寧に乳暈《にゅううん》を辿り、瑠璃子が焦れてしまったところで突起を口に含まれた。

「ふあぁ、ああ…っ」

「気持ちいいか？」

指先で両の乳首をくりくりと弄ばれると、思わず腰が浮いてしまう。あっ、あっ、と短く声を上げながら、瑠璃子は快感を素直に表した。

「あ…っ、気持ち、いいです…っ、む、胸の先が、痺れちゃ…っ」

「そうだな。すごく硬くなって、尖っている」

ぷっくりと勃ち上がった乳首をまた舐められて、身体が蕩けそうになる。脚の間は胸への刺激でたっぷりと濡れていた。

「はあっ…、ん、あん、ああ…んっ」

「……他にも、尖っているところがありそうだ」

春隆はそう言うと瑠璃子のスカートを捲り上げ、下着を脱がせてしまう。恥ずかしい場所を暴かれる羞恥はいつまで経っても慣れる事ができなくて、彼が両膝を開こうとした時には思わず抵抗するようにそこに力を入れてしまった。

「瑠璃子、ここを開いて見せてみろ。どんなはしたない事になっているんだ？」

「ああ……、だめ、恥ずかしい……」

それでも力の抜けきった身体は、春隆が少し力を込めて左右に開いただけで、簡単に両脚が開いてしまう。愛液で濡れそぼった蜜壺が、快感に綻びかけて春隆の前に晒されていった。

「ぐっしょりだな」

「い、言わないで、くださ…っ」

あまりの羞恥に涙目になっているというのに、彼は濡れた女陰をそっと指で広げる。すると奥にたまっていた愛液が蜜壺からとろりと溢れ、充血した花びらを濡らした。女の一番鋭敏な花心は、興奮に尖り、皮から飛び出して勃起している。

「あ、あはあっ」

蜜をすくうように下から舐め上げられ、背中が浮いた。春隆は蜜壺を何度か舌で撫でた後、淫核が根元まで剝き出しになるように皮を剝いてしまう。

「ひぁあっ」

それだけも、脚の付け根が痙攣するほどの官能が走った。そこは神経が密集しているような場所で、そんなふうにされて、あまつさえ舐められでもしたら――。

「ああんんんっ」

ぬる、と舌先が突起を舐め上げてくる。その瞬間に、強烈な刺激が全身を駆け抜けた。

(きもちいいっ)

広げられた両脚がびくびくと震える。春隆は舌先を尖らせ、たっぷりと唾液をのせて硬く尖るその快楽の芯をゆっくりと転がしていった。

「あっ、あっ、痺れるっ……、だめになっちゃうっ」

卑猥な言葉が無意識に口から漏れる。春隆にねっとりと舌を押し当てられているだけで、気が変になってしまいそうな愉悦が生まれてくるのだ。

「これが、好きか?」

「ああん……、す、すき、そこ、好きなのお……っ」

ほとんど脱がされてしまった洋服を汗ばんだ肢体にまとわりつかせながら、瑠璃子は自分の脚の間に埋められた春隆の髪を乱し、快楽のままに身悶える。すると彼はその淫核をちゅうっと吸い上げ、口の中でしゃぶり出した。

「あんんんっ……、い、い……っ、イっちゃうぅ……っ」

快感が強すぎて、もうどうしたらいいのかわからない。瑠璃子は長椅子の上で限界まで背中を浮かせ、頭が真っ白になるほどの極みに全身を痙攣させた。

「ふあああ、あ、ああ、あ――――…！」

それまでで一番大きな声を上げ、長椅子の布地にぎゅうっと爪を立てる。瑠璃子が達している間も春隆はその突起を口に含んでいたが、やがて労るように舌先でそっとつついた。

「ひぃ……んっ」

達した直後にそんな事をされたらたまったものではない。びくん、と跳ね上がった身体は、やがてゆっくりと波が引くように脱力していった。

「……だいぶよかったようだな」

「……っあ、は…っ」

答える事すらできずに、瑠璃子ははあはあと肩を上下させる。身体中がじんじんと脈打って、今にも燃え上がりそうだった。

「お前があんまり可愛い声で鳴くから、俺ももう限界だよ」

そう言って彼は服の中から自身を引きずり出す。それは猛々しく天を向いて、まさに凶器と呼ぶにふさわしい形状をしていた。

(今から、これを入れられるんだわ)

「……っ」

そう思っただけで、ひくり、と喉が動く。蜜の滴る女陰の入り口にその先端が押し当てられると、奥の方がきゅうっと収縮した。春隆は慎重に、だが容赦なくその凶器を瑠璃子の中に沈めていく。

「う、ああ、あああぁあ……っ」

ずぶずぶという音と共に、長大なそれが媚肉の中に埋まっていく。入れられている間、瑠璃子の背中にはずっと震えが走り、身体中がぞくぞくと波打った。

「あ、あ……ん、あ」

「ああ…、熱いな」

春隆が心地よさそうなため息と共に囁く。熱いのは彼の方だと瑠璃子は思った。奥まで挿入された春隆のものは、その熱で以《もっ》て瑠璃子を蕩かしていく。

やがて彼が腰を使い出すと、今度は中を突かれ、擦られる快感に支配された。

「ふあ、あっ、ああんんっ」

蜜壺は卑猥な音を立てながら春隆のものを嬉しそうに呑み込んでいく。彼の男根が入り

口から奥までを擦り上げていく毎に、身体の芯が熔けそうなほどの快楽に全身が包まれていった。

「ああ…んん…っ、き、気持ち、いい、です…っ」

「俺もだ……っ」

春隆も感じてくれている。そう思っただけで、はちきれんばかりの歓びが身体も心も満たしていく。

どんなに許されない事だとしても、瑠璃子は今、幸せだった。

普段はどちらかと言えば静かな屋敷は、今夜は密やかなざわめきに満ちていた。屋敷のあちこちに灯りがともされ、玄関ホールの横にある広間には大勢の招待客が思い思いに談笑している。テーブルには贅《ぜい》を凝らした料理が花と共に盛りつけられていた。

そんな中で瑠璃子は、作らせたばかりのドレスを身に纏い、鈴一郎や春隆と共に招待客の相手を懸命にこなしていた。

何しろ、こんな本格的な夜会は初めてである。しかも、鈴一郎の婚約者として紹介され、客の興味はいっせいに瑠璃子に向けられた。

「ご実家はどちら？」

「浅草《あさくさ》の方で、商家を営んでおります」

「フランス語がお出来になるんですってね。それでは、小田切様も心強いでしょう」

「恐れ入ります」

最初は単なる興味本位の視線が向けられていた瑠璃子だったが、控えめでいてしっかりとして受け答えをしているうちに、いつのまにか自分に対する評価が定まっていった。

「これは驚いた。お美しくていらっしゃる」

立派な口髭を蓄えた財界の名士の肩書きを持つ男に話しかけられた時は緊張したが、彼らが側にいてくれたので次第に心強くなっていた。

「とんでもございません。けれど、お褒めにあずかり光栄でございます」

「賢い、立派な奥方になられるでしょうな」

そう言われ、瑠璃子は赤面する。すると初々しいと評されて、思わず舞い上がってしまった。初めて見る世界。こんなきらびやかな空間が、この世にあったのか。

「瑠璃子さんのお召し物、ご覧になって？　フランスの最新流行のドレスですって」

「少し、胸元が開きすぎではないかしら」

「でもお若いのですし、あれくらいはよろしいのではなくて？」

今夜の瑠璃子のドレスは真紅で、まるで大輪の薔薇のようだった。腰の後ろには大きく長いリボンが棚引き、豪華なシフォンが花びらのように咲き誇っている。四角く切り取られた白い胸元には真珠の首飾りがきらめいていた。

艶やかな黒髪はこの日は上げられ、やはり小さな真珠で飾られている。肘の上から覆っている黒い絹の手袋は、大人びた印象を与えていた。

「とても綺麗だよ、瑠璃子」

「ああ、美しいだけじゃない。色香もある。目の毒だ」

鈴一郎と春隆に口々に讃《たた》えられて、瑠璃子ははにかんだように微笑む。誰に褒められるよりも、彼らに気に入ってもらうのが一番嬉しかった。だって自分は彼らの花嫁となるのだから。

（鈴一郎様と春隆様がおっしゃるのだもの。こういう愛の形もあるのだわ）

瑠璃子は彼らに抱かれる度に、これは悪い事ではないと囁かれていた。世間一般の常識に当てはまらないだけで後ろ指を指されるのはおかしいと。

それは『選べない』と言った瑠璃子を受け入れ、一番いいとされる方法で愛してくれた彼らのおかげだった。鈴一郎と春隆は、お互いが近しい存在だったからこそ、瑠璃子をうまく共有してくれている。その情けに、感謝せねばならないとずっと思っていた。

瑠璃子は広間で鈴一郎と、次に春隆と踊った。この日のために練習してきたが、うまく踊れただろうか。

気分がずっと昂揚したままだったので、喉の渇きと少しばかりの疲れを覚えた瑠璃子は、テラスへと出た。柔らかく吹きつけてくる夜風が心地よい。冷たい飲み物で喉を潤していると、背後で人の気配がした。てっきり鈴一郎か春隆のどちらかだと思った瑠璃子は、振り向いた時、まるで知らない人物が立っていた事に少し驚く。

「やあ、こんばんは」

男はまだ若かったが、どこかで見覚えのあるような顔立ちをしていた。自分は前に、どこかで会った事があるだろうか。

「初めてお目にかかりますね。城田清吾《せいご》という者です」

「――城田……様……？」

「はい。父が生前お世話になりました」

瑠璃子は清吾の顔をまじまじと見ると、やがてふいっと目を逸らした。城田には息子がいたのだ。

「瑠璃子さんが父と結婚すると聞いて、私も楽しみにしていたのですが、あんな事になって残念です」

城田の家は、あれから没落気味だと風の噂で聞いた。瑠璃子の胸が嫌な予感にざわつく。清吾にしてみれば、父の死後、さっさと婚約を解消し、別の男と結婚するという瑠璃子を、いったいどう思っているだろうか。

「――城田様の事は、私も本当に残念に思っております」

「それは真実ですか？」

　唐突に、非難するように突きつけられた言葉に、瑠璃子はハッと息を呑んで顔を上げる。

「本当に残念に思っているのでしたら、父の息子である私と結婚なさるのが筋というものではないでしょうか」

「そ、それは……でも」

　城田子爵が亡くなってすぐに、鈴一郎と春隆が迎えにきた。両親は考えた末に、小田切家に瑠璃子を嫁がせる事にしたのだ。

「ああ、そうですね。あなたのように美しい人なら、誰でも結婚したいと思う事でしょう」

　その時、清吾がずい、と足を進め、瑠璃子の目の前まで来る。その瞬間、鈴一郎と春隆には感じた事のない恐怖感が瑠璃子を襲った。清吾は腕を伸ばし、瑠璃子の両腕を掴んでくる。

「い、嫌っ、何をなさるのっ……、離して」

　清吾は口元に薄笑いを浮かべていた。それが気味が悪くてたまらず、瑠璃子はどうにかして逃れようと身を捩る。だが、唐突に清吾の右手が瑠璃子の胸を覆った。

「！」

「柔らかい胸だ……。この胸を、もう伯爵に触らせたのですか？」

「あ、いやっ、さ、触らないで……っ」

嫌悪感が背筋を走り、瑠璃子は逃げようとする。だが、足に力が入らない。それどころか、身体全体が真綿《まわた》になったように言う事を聞かなかった。清吾の手が瑠璃子の胸を揉みしだくように動き始めた時、どこか覚えのある感覚が身体を貫く。

「――っ」

そんな。

そんな。私。

信じられない事態に泣き出してしまいそうになった時、まるで空気を切り裂くように慣れ親しんだ声が聞こえてきた。

「そこまでにして頂きましょうか。城田子爵」

その途端、まるで呪縛から解き放たれたように瑠璃子の身体が動き、清吾の身体を突き飛ばした。

「嫌っ」

「――こちらへおいで、瑠璃子」

鈴一郎が瑠璃子に向かって腕を伸ばしている。それが目に入った時、もう矢《や》も楯《たて》もたまらずに駆け出し、その腕の中に飛び込んでいた。

「大丈夫かい？　怖かったろう」

「……鈴一郎様……！」

「――――これはどういう事ですかな、城田子爵。今夜の招待客の中には、あなたは含まれていなかったはずですが」

春隆の声に、瑠璃子は鈴一郎の腕の中で目を見開く。それでは、清吾は自分にあんな事をするためにここに忍び込んだのだろうか。

自分に、恨み言を言うために。

「……父は、年は離れてはいたが、本当に瑠璃子さんを大切にするつもりでいたんだ。それを横からのこのこと現れて」

「勘違いをしてもらっては困る。瑠璃子と私達はもともと親戚づきあいをしていたのです。横から出てきたのは、そちらの方ではないですか」

春隆の容赦のない物言いに、清吾は忌々しげに唇を噛みしめていた。

「無断で屋敷に入り、女性に狼藉を働こうとした振る舞いは見逃せるものではありませんな。兄さん、警察を――――」

「ま――――、待って、下さい」

通報しようとした春隆を止めたのは、鈴一郎の腕の中で未だ震えていた瑠璃子だった。

清吾の睨みつけるような眼差しが、春隆から瑠璃子の方へと移る。その視線の強さに、思わずびくりと肩を震わせる。

「なんとか、穏便に済ませる事はできないでしょうか、春隆様」

「――――なんだって?」

春隆は眉を顰めてこちらを振り返った。瑠璃子は鈴一郎の胸を押し返すと、胸の前で手を組んで春隆に訴えた。

「その方はお父上を亡くして、たいそう悲しんでおられるのです。そのうえ警察にまで引き渡されたら、あまりにも可哀想です」

「しかし、瑠璃子、この男はお前に乱暴しようとしていたのだぞ」

「私は大丈夫です。何も怪我などしておりません」

自分のために、誰も傷ついてなど欲しくなかった。現に清吾はこんなに嘆き悲しんでいる。大切な人を喪って悲嘆にくれる人を、これ以上罰する事など瑠璃子には耐えられなかった。

春隆はしばらく瑠璃子を見つめていたが、やがて鈴一郎と目線を合わせると、小さく頷く。

「――――わかった。お前に免じて、表沙汰にはしないでおいてやろう」

「ありがとうございます、春隆様」

瑠璃子はほっと胸を撫で下ろした。

「――城田子爵。我が婚約者の慈悲により、大事にはしないでおいて差し上げましょう。速やかにお帰り願いたい」

鈴一郎が冷ややかな声で告げる。彼のこんな声を聞いたのは初めてだった。

城田はくっ、と顔を歪めると、春隆の脇を擦り抜けてその場から立ち去る。

「念のため、男衆にこのあたりを見回りさせよう」

「ああ、そうだな。――瑠璃子、大丈夫だったかい？」

「は、はい」

清吾がいなくなってから、瑠璃子の手が思い出したように震えてきた。それを後ろから鈴一郎がそっと抱き締める。

「――何をされた？」

耳元で低く囁かれ、ぞくっ、と背中が震えた。

「な、なにも……」

「嘘をつくのはよくないぞ、瑠璃子」

春隆にも念を押され、瑠璃子は観念する。彼らは、清吾が瑠璃子に何をしたのか知っているのだ。

「む、胸を……触られました」

「私達がいつも可愛がっているこの可愛らしい胸を、他の男に触られたのか？　なのにその男を許すと？」

「ああ……、ごめんなさい。申し訳ありません」

いつにない鈴一郎の責めるような声に瑠璃子は怯え、謝罪した。

「お前は髪の一筋に至るまで俺達のものだ。お前はもう小田切の妻になると、今夜大勢の人が認知している。その自覚があるのか」

春隆の厳しい言葉に、胸がぎゅっと締めつけられそうになった。瑠璃子はすっかり消沈してしまい、その細い肩を震わせる。

「許してください。決してそんなつもりはなかったんです。ただ、あの人が可哀想で……。瑠璃子のすべては鈴一郎様と春隆様のものです。本当です」

瑠璃子は必死で訴える。自分には、彼らを裏切る気持ちなど毛頭なかった。だが確かにこの身体に触れられた事は自分の落ち度かもしれない。

「私が叱られて済む事でしたら、どんな罰もお受けします」

次の瞬間、瑠璃子は鈴一郎に抱き締められた。背中からも春隆が腕を回してくる。その体温に安堵を感じ、瑠璃子は思わず涙を零した。

「すまない、瑠璃子。乱暴されて怖かったのは君の方なのに、八つ当たりのような真似をしてしまった」

わかってもらえた。そう思った途端、嬉しさが胸に込み上げてくる。瑠璃子は涙で声をつまらせながら、鈴一郎の言葉に首を振った。

「お前が他の男に触れられたと思っただけで、悋気が抑えられなかった――――。許してくれ」

春隆もまた優しい口調で瑠璃子を慰めてくれる。そうされると、彼らに対する愛しさのようなものが改めて身体中に広がった。私は、この方達をお慕いしている。

「けれどね、瑠璃子。物事にはけじめというものがある。君が他の男に身体を触られた事の罰は受けなくてはならない」

「……はい……」

けじめと言ってはいるが、鈴一郎の声は、どこか甘い、からかうような響きをはらんでいた。

その瞬間、腰の奥にどくん、と熱いものが生まれる。瑠璃子はどこか陶然《とうぜん》としながら、彼の言葉に従順に頷いた。

「今夜、お前に仕置きをする。いいな？」

「はい……、お受けします」

「いい子だね、瑠璃子」

「なに、痛い事はしやしない。ただ少し、はめをはずしてもらうだけだ」

春隆に背後から耳元で囁かれ、背中にぞくぞくっ、と愉悦の波が走った。

これは、歓びだ。

いったい何をされてしまうのだろう。そう思っただけで肉体が熱くなってしまうのを、瑠璃子は止める事ができなかった。

「さあ、パーティはまだ残っている。終わるまでお客様をおもてなししなくては」

鈴一郎に促され、瑠璃子は音楽の音色が響くホールの中へと再び足を踏み入れる。

けれど、楽しげな人々のざわめきも、美しい旋律も、瑠璃子の耳にはもう少しも入っては来なかった。

ドレスを脱がされた裸身は紐で緊縛され、くびり出された白い胸が薄明かりの中になまめかしく浮かび上がる。両腕は後ろで縛られ、瑠璃子は上半身の自由を完全に封じられてしまった。

彼らは招待客を見送って夜会を終えると、そのまま瑠璃子を部屋に連れて行き、着ていたドレスを脱がせてソファの上に放り投げる。そして彼らも夜会用の礼装の上着を脱ぎ、シャツの前を寛げて、瑠璃子を注意深く、丁寧に縛り上げたのだ。

「痛くはないかい?」

「は、い……っ」

ベッドの脇に引き寄せたテーブルの上には、紫色の小瓶《こびん》と細い筆が載せられている。あれが、自分に使われるのだろうか。だがどんなふうに使用されるのか、瑠璃子にはまったく見当がつかない。ただ緊張と不安と、そして興奮とで肩が震えてしまう。瑠璃子は恥ずかしいところを覆う布は脱がされてしまったが、洋服を着る時に履く、太腿の半ばまでの薄い靴下だけは身につけたままだった。それがなまじ全裸よりも恥ずかしい。

「綺麗だ。ずっとお前をこうして縛りたかった……」

春隆の手が紐で飾られた胸元に伸び、その白い乳房を両手で揉みしだいた。

「あ、ああんっ」

やわやわと揉まれて、思わず仰け反ってしまう。そのまま後ろに倒れてしまいそうなのを、鈴一郎が支えてくれた。

「いつもよりも興奮している？」

「……そ、そんな、こと…っ」

言い当てられてしまったようで、瑠璃子は顔を真っ赤にして俯く。

「これじゃお仕置きにならないかもな」

春隆は小さく笑いながら瑠璃子の身体を倒し、上体をベッドの上に伏せさせた。

「膝は立てていろ。そう、脚を開くと楽だぞ」

「あ、あっ、……こんな、恰好……っ」

瑠璃子は下半身だけを高く上げさせられるという恥ずかしい姿勢をとらされた。これでは、恥ずかしい場所が後ろから丸見えになってしまう。春隆の手で強引に両膝を開かせられ、羞恥のあまり啜り泣きを漏らした。

「あ、いやあ……、恥ずかしい。見ないで、くださいまし……っ」

「お仕置きなんだから、泣くくらい恥ずかしくないと駄目だろう？　いい眺めだよ瑠璃子。君の可愛いここがよく見える」

「あ、は、あぁあ……」

彼らの視線が、はっきりとした刺激となってその部分を舐め回す。春隆が両手で更にそこを押し開くと、中に溜まっていた愛液がとろりと滴って内腿を伝った。

「興奮しているのか？　可愛い奴だ」

「やっ、あっ、あんん」

ただ見られているだけなのに、感じてしまう。瑠璃子は頭の中がぐらぐらと煮えたぎるような感覚に喘ぎ、視線に犯されている女陰を収縮させながら喘いだ。媚肉が蠢く度に、愛液が溢れる。

「このまま見られているだけじゃ切ないだろう」

コトリ、と音がして、鈴一郎がテーブルの上の小瓶を手に取った気配がした。彼は瓶の蓋を開けると、手にした筆にその中身をたっぷりと含ませ、濡れた女陰へとそれを塗りつける。

「んん、ふぁあっ」

「動かないで。しっかり塗ってあげるから……」

柔らかい筆先の感触で媚肉を撫でられ、直接的な刺激に下肢が跳ね上がりそうになった。だが春隆がそれを押さえつけ、瑠璃子は小瓶の中身を中まで塗られてしまう。

「あっ、ああっ、な、何を、なさっ……」

「これはね、女性がより愉しむための薬さ。世間では媚薬《びやく》と言うそうだ」

筆の先が、何度も媚薬を足しながら瑠璃子の感じやすい女陰を嬲っていく。花びらの隅々にまで及ぶそれに、身体を支えている内腿がぶるぶると震えた。

「あ、あ…あ、熱い、熱い、ですっ……」

塗られた時はひやりとした感覚だったのに、すぐにカッカッと炙られるように熱くなる。

時折耐えきれなくなった腰がびくっ、びくっ、と大きく跳ね上がった。今や喘ぎしか漏らさなくなった瑠璃子の口からは唾液が零れ、シーツを濡らしていく。蜜壺の奥がどうしようもなくうねって、更なる刺激を待ちわびていた。

「瑠璃子。今日はこっちも覚えてもらうよ」

媚薬を纏った筆が、女陰の上方――、後孔にまでそれを塗りつける。瑠璃子は驚愕のあまり、閉じていた目を見開いて訴えた。

「え、ああっ！　そ…そこは、そこは違います、おやめくださいませ……っ」

「違わない。お前が俺達を同時に受け入れるには、ここを使うしかないんだ」

「あっあっ、そん、な…あっ」

「お尻の孔も気持ちがいいだろう?」

媚薬は後孔の肉環から内部に染み入り、ずくずくとした疼きを生み出し始めている。そんな、こんな所は感じる場所ではないのに。

「少し、我慢しろ」

春隆の指が媚薬を纏い、感じはじめている後孔にぬぐ、と挿入された。

「あ、う…あ、あぁぁあ……っ」

耐え難い圧迫感が瑠璃子を襲う。春隆の指がそこに入っていくのは、破瓜の時よりもひどい苦悶を伴った。だが、媚薬はそんな苦痛さえも蕩かせてしまう。

「あ……あ、あぅうん…っ、あ、なに…っ?」

背骨が痺れるような、未知の感覚が湧き上がってくる。それは女陰と連動するように蜜壺をヒクつかせた。

「瑠璃子はどんな事もすぐに覚えてしまうな。素直な、教え甲斐のある身体だ」

「は、はあ……、あぁああ…っ」

春隆の指が、ぬぷ、ぬぷとそこを出入りしていく。下腹部の奥が熱い。後孔の肉洞を擦られる度に、腰骨が蕩けてしまいそうだった。

「いい子の瑠璃子にご褒美だよ」

鈴一郎の指が、尖って剝き出しになった淫核へと伸びていく。指の腹でそこをそっと転がされて、鋭い快感が突き上げてきた。

「あぁあぁあぁ……っ」

身も世もない声が瑠璃子の唇から漏れる。不自由な体勢のままで後孔と淫核を愛撫されて、下半身が砕けそうになった。媚薬のせいか、それともこの異様な状況のせいか、快感はいつもよりも容赦なく瑠璃子を苛む。全身にうっすらと汗が浮かび、桜色に染まった肌をあやしく光らせていた。

「気持ちがいいかい？」

「は、いっ、あっ、きもち…いい…っ、いい、です…っ」

最も鋭敏な突起を、愛液に濡れた指先で苛められるのがたまらない。そして初めての後孔もまた、春隆の指によって快楽を得てしまっていた。

「あっイくっ、い、イってしま…い、ま…っ」

そう口走った直後に、強烈な絶頂が下肢から背筋へと駆け上がる。瑠璃子はがくがくと下肢を震わせ、とてつもなくいやらしい嬌声を上げた。他にも何か口走ったような気がするが、よくわからない。

「ぁぁあ、ふぅううんんっ……」

ひどくゆっくりと引いていく法悦の波に、身体中を震わせながら啜り泣く。やがて後孔から春隆の指がずるりと抜けていったが、その感覚にすら感じてしまった。

「今日はお前が先でいいよ、春隆」

「いいのか？　兄さん」

「ああ。今夜は表向きでも、私が瑠璃子を独占した形になってしまったからな。せめてもの、だよ。だいぶ出来上がっているから、きっとまたすぐに果ててしまうだろうが」

まだ白く霞みがかった思考の片隅で、彼らが何か話しているのが聞こえる。すると背後で二人が移動する気配がし、ふらつく腰を両手でがっちりと摑まれた。

「あっ…」

「待ち遠しかったろう。今、入れてやる」

その瞬間に意識が明瞭になる。そして、媚薬を塗られるだけ塗られて放置された蜜壺に、春隆のものがずぶずぶと音を立てて挿入された。

「あぁぁあ――――」

疼ききった内壁を凶悪なもので押し広げられ、擦り上げられて、全身が快感を訴える。

女陰が奥の方からきゅううっと収縮して、瑠璃子は春隆に奥まで入れられた瞬間に達してしまっていた。

「あぁんん、あっあっ、あぁ——……」

男根が擦っていく粘膜すべてが気持ちいい。瑠璃子は結われた黒髪を振り乱し、涕泣《ていきゅう》しながら甘美な極みを味わう。蜜壺が不規則に痙攣し、まるで身体中が性器になったような感じだった。

「はぁぁ——ふぁあ、こ、こんなの、こんなのっ……」

「どうだ……？　たまらないだろう。好きなだけ達するといい」

春隆が腰を回すように動かし、瑠璃子の中をかき回していく。普段であれば耳を覆わんばかりの卑猥な音がひっきりなしに聞こえ、それは瑠璃子の興奮を煽っていった。

「あっあんっ、ふああっやっ」

ずん、ずん、と奥を突かれる度に、目も眩むほどの快感が押し寄せてくる。下腹部の奥が熱い。熱くて蕩けそうだった。

「あっあはあっ、た、たまらな……いっ…」

「そんなに気持ちがいいかい？」

鈴一郎が瑠璃子の胸を摑み、強く弱く揉みしだいてきた。急に与えられた乳房への刺激に、ああっ、と悲鳴のような声を上げる。その瞬間に軽く極めてしまい、媚肉を強く収縮させた。背後の春隆が低く呻く。

「お返しだ」

「あっきゃあっ、あっ、ああぁあ……っ」

達している所を小刻みに何度も強く突かれ、瑠璃子はあまりの官能に咽《むせ》び泣いた。理性は熔け崩れて、自分がただの雌になっていくのを感じる。

「ここまで淫らになってくれるとは思わなかったな。嬉しい誤算だ。そら、いつものように奥で受け取れ――……」

「ああっ嬉しいっ…、うれしい、ですっ、あ、あっ、あ――……」

女陰の奥に熱いものが注がれ、媚肉を濡らしていく。全身が痺れるような絶頂にあられもない嬌声を上げながら、瑠璃子はまた快楽を極めていった。

「……あっあ、ああ……っ」

春隆がすっかり精を注いでしまうと、瑠璃子はもう身体を支えている事ができなくなった。彼の男根がずるりと抜かれたと同時に、シーツの上にどさりと倒れ込んでしまう。冷たい布の感触が心地よかったが、まだ媚薬に侵されている身体は、肌に布が触れる感覚にさえもひくひくと震えた。

「素敵だったよ、瑠璃子」

顔に乱れかかる髪をかき上げて、鈴一郎が口づけてくる。瑠璃子は無意識で差し入れられた舌に自らのそれを絡め、夢中で吸い返した。

「……あ、ぅ……ん」

「いい子だ」

髪を撫でられ、鈴一郎が顔を離す。緊縛されたまま仰向けになった瑠璃子の脚を大きく開き、鈴一郎が身体を割り込ませてきた。

「私もすっかり興奮してしまったよ」

「ああ、ん」

彼の怒張を含まされ、期待に甘く喘ぐ。もうどうなってもよかった。

「ほら、入っていくよ」

ゆっくりと挿入される鈴一郎のそれに、内壁がじわじわと快感を訴える。

「あ、あ――――あ、感、じるっ……」

最初の挿入で激しく嬲られた後にもう一人を受け入れると、身体の震えが止まらなくなる。捏ね回され、熱くなった女陰をもう一度擦られて、中に出された春隆のものが繋ぎ目で白く泡立った。

「どう……？　身動きができずに入れられる気分は」

「は、恥ずかしい……です、でも、うれしい……ああ……」

鈴一郎が腰を動かす度に聞こえてくる卑猥な音も、今の瑠璃子にとっては興奮をもたらすものでしかなかった。二人の男に抱かれるという歓び。こんなに激しく愛される女も、きっとそうはいないだろう。自分は幸せだ、と思った。あまりの愉悦と幸福で、身体がはち切れそうになる。

こんな恥ずかしい恰好にされて嬲られ、悦んでいるなんて。

鈴一郎がもはや遠慮もなしに瑠璃子の中をかき回してくる。その度に媚肉が擦られ、腰の奥でたまらない快感が生まれた。

「あ、あ……んっ、あんっ……」

「中が震えてるよ、瑠璃子……。もうイきそうになっているのか？」

「は、は…い、ああ、だってっ……」

緊縛されたままの上体を快楽のあまりぐっ、と反らせると、豊満な胸が突き出されて揺れる。そんな瑠璃子の乳房を、春隆の両手が摑んでやわやわと揉みしだいた。

「ああぁあっ」

「こっちも構ってやらないとな」

尖った乳首をこりこりと弄られ、もう片方のそれを口に含まれる。胸の先から鋭い快感が身体中を駆け巡り、鈴一郎の男根で得ている感覚とひとつに混ざり合った。

「あはっ、あぁんんっ、ふぁあっ」

啜り泣くような、それでいて高い声が瑠璃子の喉から漏れる。自分が達しているのかそうでないのか、それすらもわからなくなっていた。ただ、『気持ちがいい』という言葉だけが頭の中を占める。

「————っ、あ」

その時だった。快楽とは違う、チクリと刺すような視線が肌に突き刺さった。沸騰する意識の中でぼんやりと目を開けると、部屋の戸が僅かに開いているのが視界に入る。

そこから感じる視線は、あの温室の中で感じたものとよく似ていた。

「……あ、ああぁんんっ……」

ずん、と深く突かれ、強烈な快感が脳天まで駆け抜ける。その恍惚は瑠璃子にすべての禁忌を忘れさせていった。

誰かに見られている。私の恥ずかしい姿を。このあられもない声も聞かれてしまっている。

そう思うと、炎のような興奮が全身を包む。鈴一郎を呑み込んでいる媚肉がきゅううっと強く締まり、奥から男根をしゃぶりあげるような蠕動《ぜんどう》を始めた。

「……っ瑠璃子っ…」

鈴一郎の低く押し殺した声が聞こえる。あまりにも身体が熱くて、何も考えられず、何が何だかわからなくなってしまった。

あそこにいる人に、もっと聞かせて欲しい。私達がどんなふうに愛し合っているのか、すべて。

「あっ…あっ…、鈴一郎様あっ……、春隆様……っ、瑠璃子は、瑠璃子はまたイってしまいます……っ、ああ、あぁ――――…っ」

春隆に胸を揉まれ、乳首を愛撫され、鈴一郎に思う様女陰を突き上げられる。

瑠璃子はこれまでで一番大きな歓びのうねりに呑み込まれ、嬌声を何度も、何度も上げて達した。

――さあ、今日はお掃除をがんばらなくては。

夜会の翌朝、瑠璃子は愛し尽くされた身体に洋服を纏い、その上に白いエプロンをつけた。普段に着るための洋服を鈴一郎達が用意してくれたので、せっかくだから袖を通す。瑠璃子はもったいないと思ったのだが、これは普段着だから日常的に着用していいのだと鈴一郎が言った。なるほど、焦げ茶色のワンピースは、汚れてもたいしてわからない。綿で仕立ててあるので洗濯がしやすいのもいいと思った。

部屋の窓を開けると、少しひんやりとした風が入り込んでくる。朝の清浄な空気は、昨夜の退廃的な色をすべて洗い流していくようだった。瑠璃子にとって、それはほんの少し名残惜しい。

鈴一郎達は、昨夜のうちに部屋に戻っていった。今頃はまだ眠っている事だろう。

「――そうだわ。今日は私が朝食を用意して差し上げよう」

洋食のメニューも少し覚えた。朝はいつも配膳を手伝うだけだったから、初江も忙しくてイライラするのだろう。

瑠璃子はスカートの裾を翻して部屋を出ると、厨房へと向かう。そこには料理を取り仕切る下田《しもだ》が下ごしらえをしていた。

「おはよう、下田さん」

「おお、これは奥様。おはようございます。今日はお早いですね」

「――嫌だわ下田さん。奥様だなんて。まだ早いですよ」

下田は五十代を少し過ぎた気の良い男だった。以前は料亭で働いていたと彼らから聞いた事がある。

「いえいえ。昨夜の夜会で、もう奥様だと紹介されましたからね。あたしらにとっちゃもう奥方様ですよ」

そんなふうに言われて、なんだか恥ずかしくなる。瑠璃子が熱くなった頬を両手で押さえた時、厨房の戸が開いて初江が入ってきた。

「おはようございます」

「おう、初江ちゃん、おはよう」

「初江さん、おはようございます」

瑠璃子が挨拶した時、初江はその姿を見てハッとする。

「……瑠璃子さん、どうして……?」

「今日は私が朝食を作りますね。洋風の朝食も勉強しなくちゃ」

卵を器の中に割り入れ、下田に教えられながら菜箸《さいばし》でかき混ぜる。鈴一郎達のために料理を作るのは、とても楽しかった。

「いい手つきです奥様。筋がいい」

「本当? 嬉しいわ」

彼らはおいしいと言ってくれるだろうか。上手にできるかわからないけれど、一生懸命に作ろう。

初江はそんな瑠璃子を暫《しば》しの間見ていたが、やがて無言で戸棚から食器を出して並べ始めた。それが終わると、「お屋敷のカーテンを開けてきます」と言って厨房から出て行く。

よかった。今朝は初江さんに怒られなかった。

まだまだ未熟ではあるが、この家の妻としてふさわしい技量を身につけていきたい。そんな瑠璃子の目標に一歩近づいたと思える、その日の朝だった。

「申し訳ありません。火加減がまだつかめなくて、ソーセージを少し焦がしてしまいましたの」

「いいや、これくらいなら問題ないよ」

「早起きして作ってくれたのか。嬉しいが、あまり無理はするなよ」

瑠璃子はスクランブルエッグとソーセージの朝食を作り、鈴一郎らに出した。彼らは昨夜、あんなに激しく交歓《こうかん》をした瑠璃子が早朝から起き出して朝食の用意をした事に少し驚いている様子だったが、瑠璃子の手料理にはまんざらでもないふうだった。

「瑠璃子なら、きっとすぐに洋食も覚えるさ。なんといっても君は覚えがいいからな」

「ああ、俺達が教えた事もあっという間に覚えてしまう」

意味深な言葉を告げる彼らに、瑠璃子は思わず頬を赤らめた。だが、周りの奉公人達は誰も気がつかないようだった。ちらりと初江の方を見ると、彼女は能面のような無表情で壁際に控えている。

――昨夜の視線は、初江さんだったのかしら。

あの時は自分も正気ではなかったから、今考えてみるとよくわからなくなる。

そもそも、あの時、あそこには本当に誰かがいたのだろうか。

(気のせいかもしれないわ)

だいたい、あんなところを見られて、どう思われただろう。よほどはしたない、恥ずかしい女だと思われたに違いない。

――だから初江さんは、私に対して厳しいの……?

小田切家の妻として、ふさわしくないと思われたかもしれない。

(でも、私は嬉しかったんだもの。お二人にあんなに愛されて)

たとえ二人の男を同時に相手にするような多淫な女と思われても、瑠璃子にはもうどうしようもない。

何故なら、瑠璃子はもはや二人を愛してしまっているからだ。

「どうした、瑠璃子」

ふいに春隆に声をかけられ、瑠璃子は物思いから我に返る。

「いいえ、なんでもありません」

「まだ眠いんじゃないのか。なにせ昨夜は、とても夢中になってしまったからな」

「まあ、春隆様ったら……」

鈴一郎が低く笑いを漏らしたので、瑠璃子も頰を染めながら小さく微笑んだ。脚の間が、自然と熱くなる。

「今日は嬉しかったが、無理をする事はないよ、瑠璃子。君の仕事の第一は、私達に愛される事だ。第二に、その語学力で手助けしてくれればいい。家の事は奉公人がやってくれる」

「はい。鈴一郎様。今朝は少し、がんばってみたい気分でしたの」

「ほう、何故だ?」

春隆の問いに、瑠璃子はちらりとあたりを見渡した。幸い奉公人は近くにいない。

「それは……、たくさん可愛がってくださって、嬉しかったから……」

恥ずかしさを堪えて答える。小さな声だったが、二人には聞こえたようだ。彼らはどこか色めいた笑いを浮かべて瑠璃子を見る。

「すっかり艶やかな華になったね」

「ああ。青い蕾も悪くなかったが、これはまた見事な……」

どうやら褒められているようだ。それも、どうやら淫靡な意味のようで、瑠璃子ははじらいに顔を伏せる。

落とした目線の先に、誰かの足先があった。白い足袋の爪先の持ち主は、初江だ。

「お茶のおかわりはいかがでしょうか。旦那様方」

「ああ、ありがとう。もらうよ」

鈴一郎達が頷くと、白い陶器のカップに紅いお茶が注がれる。最後に瑠璃子のカップに注がれたそれに口をつけると、少し渋くなっていた。

家の事は奉公人にまかせればいい、と言われたばかりだが、瑠璃子はその後で廊下の拭き掃除をするように初江に言いつけられた。

もちろん瑠璃子は嫌なわけではない。朝食の後片付けを手伝った後、桶に水を汲んで一階廊下を端から丁寧に磨いていく。

（いくら手伝って下さる方がいると言っても、私が奥向きの事を何もしないというわけにはいかないものね）

右手に力を込めて布で廊下を擦ると、キュッキュッと音がする。拭いた部分が綺麗になっていくのは楽しかった。瑠璃子はフランス語の勉強をするのも好きだが、家の中の仕事も嫌いではない。きちんと躾けてくれた母には感謝せねばと思った。

（そういえば、お父様とお母様はお元気かしら）

そうそう帰るわけにもいかないが、近いうちに手紙を書いてやらねば。

――でも、彼らの事はなんとご説明しよう。

二人に可愛がってもらっているなどと書いたら、父も母もきっと卒倒してしまうだろう。嘘はつきたくなかったが、ここは夜会での建て前通り、鈴一郎の妻になると報告した方がいいかもしれない。

そんな事を考えていると、いつの間にか手が止まってしまっていたようだ。

「――いけない」

これでは掃除が進まないわ。そう思い直して再開しようとした時、階段の上から突然鋭い声がかけられる。

「何をしているの」

顔を上げると、階段の途中に初江が立っていた。彼女はこちらを怖い目で見下ろすと、足早に階段を降りてくる。

「手が止まっていたじゃないの。いったい何をやっていたの」

「ごめんなさい。少し考え事をしていました。すぐに続けます」

瑠璃子が素直に謝ると、初江はよけいに気分を害したように声を荒立てた。

「――考え事ですって？　どうせいやらしい事でも考えていたんでしょう！」

その言葉に瑠璃子は息を呑む。顔に熱が上り、動揺が胸を覆った。どうして彼女がそんな事を言うのか。

「……な、何をおっしゃるの……」

「あなたが初めてここへ来た時から、物欲しそうな顔をしていると思ったわ。あなたはこの家の財産を、その身体を使って奪い取ろうとしていたのでしょう！」

「そ、そんな事はありません！」

瑠璃子は思わず反論する。初江に対してこんなに強い口調で物を言ったのは初めてだった。

「私は、鈴一郎様達のお手伝いをするためにここに来て――、そして――」

「知っているのよ。あなたがこの家で旦那様達としている事」

初江はどこか笑いを耐えるような表情で瑠璃子に告げた。それはずっと言いたくてたまらなかった事を、とうとう言えるという暗い歓びに満ちた表情にも見える。その顔を見た時、瑠璃子は初江の事がこわい、と思った。

「あなたは、この家で、旦那様方と、あんな淫らな事――。口に出すのもおぞましい！　どちらかお一人ならともかく、両方だなんて」

それを聞いた時、瑠璃子は得心がいった。

あの視線の主は、初江なのだと。

「そんな大人しい顔をして、底なしの淫売だったのね！」

　その毒矢のような尖った言葉は、瑠璃子の身体の至る所に突き刺さった。床に座り込んだまま初江を見上げ、どこかぼんやりとその舌鋒《ぜっぽう》を聞いている。

「聞いているの！」

　瑠璃子は不思議に思った。初江にすべてを知られ、それを暴かれているというのにもかかわらず、自分の心は今、凪いでいるのだ。

「なんとか言ったらどうなの。あなたはいつもそう。自分一人優しげな顔をして、誰も傷つけません、みたいな顔をして……。そういうところが、たまらなく傲慢だと思っていたわ」

　初江の言葉に、瑠璃子は目を見開いた。傲慢――。そうなのだろうか。誰も傷つけたくないという瑠璃子の思いは、彼女にそんなふうに思われていたというのか。

「……初江さん」

　だとしたら、とても申し訳ない事だと思う。だが、瑠璃子が何を思っても、もう今さらなのだろう。

「あんな、獣みたいに浅ましく、おぞましい姿を晒しておいて……、今さらそんな澄ました顔をしても無駄よ！」

　瑠璃子は剣呑な初江とは正反対の、静かな口調で彼女に呼びかけた。

「確かに私は、鈴一郎様、春隆様のお二人に求められ、同時にお二人を受け入れました。それはおそらく、あなたや世間様から見れば、許しがたいことなのかもしれません」

「…………」

初江の肩が軽く上下していた。結った髪が幾筋か乱れて、顔に乱れかかっている。

この人はこんなになるまで、私を糾弾《きゅうだん》せずにはいられなかったのだろうか。

だとしたら、とても悲しい事だと思った。

そこまで人を憎むというのは。

「でも私は、鈴一郎様も、春隆様も等しくお慕いしております。それが間違っている事だとは思いません。そして、誰がなんと言おうとも、その考えは変わりません」

瑠璃子は自分で言った言葉に驚いていた。

自分はこれまで争いごとが嫌いで、何かを言われたり理不尽な事をされたりしても、黙って耐え忍ぶ方だった。母には商家の娘としてはそれでは駄目だと言われた事もあった。忍耐強いというわけではない。人の怒気というものを前にすると、つい身が竦んでしまうのだ。

だが、今、全身に針を立てるようにして荒ぶっている初江を前にして、少しも怖がらずにそんな事を言ってのけてしまった。

(――私は、どうしてしまったのかしら)

自分はここに来てから確かに変わったように思う。

それは、きっと彼らが瑠璃子を変えたのだ。

もしもあのまま城田と結婚していれば、自分はきっと、何を主張する事もなく、世間一般の理想とされる妻になろうと身を砕いていただろう。

それは正しい事なのかもしれない。けれどそれで本当に、人生の『歓び』というものを感じる事ができていただろうか。

「……開きなおる気?」

初江は急に自分に牙を剝いたような瑠璃子に戸惑い、臆するような表情を見せたが、それでもまだ攻める手を引かないようだった。

「――初江さん、あなたはもしや」

その時、ふと頭の隅にわいた疑念が口をついて出る。

「もしや、鈴一郎様か春隆様、あるいはお二人の事を好いておられるのでは――」

「馬鹿な事を言わないで！」

初江は床の上に置いてあった桶を手にすると、次の瞬間にその中身を瑠璃子に頭から被せた。

激しい水音が廊下に響き渡る。

「——……」

一瞬何が起こったのかわからず、瑠璃子は呆然と自分の髪や衣服から滴る水滴を見つめていた。

「いい加減な——事を——！　私の気も知らず……！」

「初江さん……」

何故、といいかけた時、階段を慌ただしく降りてくる足音が聞こえてくる。

「どうした。何があった」

「……瑠璃子……!?」

駆けつけたのは、鈴一郎と春隆だった。彼らは廊下の上で濡れ鼠で座り込んでいる瑠璃子の姿を見ると、驚きに目を瞠る。

「……だ、旦那様……！」

慌てたのは初江も同じようだった。彼女は瑠璃子と鈴一郎達を認め、そこでようやっと自分のした行動を理解できたらしい。ハッとしたように桶から手を離し、恐れおののいたようにその場から後退った。だが、すでにその状況は見られてしまっている。

「大丈夫か、瑠璃子！　——誰か！　タオルをもってこい！」

春隆が一番に瑠璃子に駆け寄り、物音を聞いて駆けつけた他の奉公人に向かって指示を飛ばした。

「これはどういう事だ、初江」

鈴一郎がゆっくりした口調で棒立ちになっている初江に問いかける。顔から滴り落ちる水滴を拭いながら、瑠璃子は彼のその声を聞いて思わず身体を竦めた。鈴一郎のそんな冷たい声は、今まで聞いた事がなかったからだ。

「あ……あの」

初江もまた、瑠璃子がこれまで見た事がないような、怖じ気づいたような表情をしている。おそらくこの行為はついカッとなってやってしまったものなのだろう。

「自分が何をしたのかわかっているのか」

「……申し訳、ありません」

消え入りそうな謝罪は聞いているだけで胸を締めつけそうになった。

「私にではない。瑠璃子に謝れ」

「――――鈴一郎様。瑠璃子は大丈夫です」

思わず顔を上げて訴えると、瑠璃子に対していつも優しかった彼が、めずらしくぴしゃりと告げる。

「君は黙っていなさい」

「――……」

その声音に息を呑んだ時、奉公人が布を何枚も抱えて走ってきた。春隆がその中からタオルを広げ、瑠璃子の濡れた身体を頭から包む。

「ありがとうございます。春隆様」

「風邪を引くといけない。――すぐに風呂の用意を」

「もう準備してあります。瑠璃子様、こちらへ」

春隆と奉公人に両側から立たせられ、瑠璃子はその場から退場させられようとした。だが初江の事が気になって振り返ると、春隆が耳元で低く囁く。

「もうお前が気にする事じゃない。瑠璃子は俺達の言う事を聞け。いいな？」

そう、言い含められるように告げられては、瑠璃子にはもう、異を唱える余地はなかった。

最後に視界に入った初江の姿は、どこか震えているようで、なんだかとても切なかった。

大急ぎで用意された風呂は、少しばかり温《ぬる》かったが、ゆっくりと身体を温めるにはかえってちょうどよかった。

舶来のものだという石鹸で丁寧に身体を洗った瑠璃子は、浴衣に着替え、髪を拭いて自室へと戻る。洗い髪に櫛を通していると、先ほど布を持ってきてくれた奉公人が、熱い紅茶を運んできてくれた。

「ありがとう」

「……瑠璃子様、さぞ動転された事でしょう」

カップに口を近づけると、ブランデーの香りがする。きっと気遣ってくれたのだろう。

確か、ミエという名の十六歳くらいの奉公人に向かって、瑠璃子は小さく微笑んでみせた。

「平気です。少しびっくりしましたけど」

「……初江さんは、決して悪い人じゃあないんです。私達新人の面倒もよく見てくれて。

少し厳しいけど、優しい人でした」

「ええ、わかっています」

彼女にあんな行動をとらせたのは、おそらく自分が原因だ。瑠璃子の中の何かが初江をおかしくさせ、決定的な行為を起こさせてしまった。

「……私が、至らなかったせいかしら」

カップをソーサーに置いて俯くと、ミエは慌てたように首を振る。

「いいえ、違います！　絶対にそんな事は！　瑠璃子様は、お優しくてお美しい方だって、みんな言っています」

「でも、初江さんはそうは思っていなかったみたいだわ」

「それが不思議なんです……。どうして初江さんは瑠璃子様だけにあんな態度をとるのだろうって。そのうち絶対に旦那様方の御不興をかうからやめた方がいいって言っていたんですけど……」

ミエは今にも泣き出しそうな、混乱しきったような顔をして呟いた。瑠璃子はカップをテーブルの上に置くと、ミエの肩に手を置いて優しく告げる。

「大丈夫です。私は全然怒っていないもの。鈴一郎様達には、どうにか穏便に済ませていただけるよう、お願いしてみます」

「瑠璃子様……」

ミエはその言葉に、それでも半ば諦めていたような顔をして瑠璃子を見返したが、その時ノックの音と共に部屋の扉が開いた。鈴一郎と春隆かが揃って入ってきたのに、ミエは慌ててその場から飛び退く。

「ご苦労だったね、ミエ。外してくれるか」

「は、はい。失礼致します！」

鈴一郎の口調はいつもの穏やかなものに戻っていた。勢いよく頭を下げて退室するミエを見送った後、彼らは瑠璃子に向き直った。

「大丈夫かい、瑠璃子。ひどい目にあったね」

「いいえ。平気です。色々とお気遣いくださり、ありがとうございます」

努めて元気そうに振る舞おうとした瑠璃子だったが、つかつかと近寄ってきた春隆に肩を掴まれ、思わずきゃっ、と悲鳴が漏れた。

「平気なはずないだろう。頭から水をかけられたんだぞ。それも、あんな汚い水を！」

「で、でも、ちゃんとお風呂に入って洗いましたし……」

「奉公人が主人に対してすべき事では絶対にない。昔なら命をとられていてもおかしくない行為だ」

鈴一郎がゆっくりとした口調で説きながら瑠璃子に歩み寄ってきた。彼は自分も席に腰を下ろすと、瑠璃子の手を握る。

「私はまだ主人ではありません」

「何を言っているんだ。お前はもう、俺達の妻だろう。それとも、違うと言うのか？」

春隆に強い口調でそう諭され、瑠璃子は言葉に詰まった。確かに、自分は彼らの妻だと、彼らのものだと誓ったばかりだ。だがそれでは初江の立場が危ういものになってしまう。

「では、私は初江さんの主人として、彼女を許そうと思います」

瑠璃子の言葉に、鈴一郎は目の前でゆっくりと首を振った。

「それはできない。彼女がした事は、もうその範囲を超えてしまっている。それを許しては、他の者に示しがつかなくなる。それはわかるね？」

鈴一郎の正論に、瑠璃子はもはや俯くしかない。

「……では、初江さんは……」

「ついさっき、暇を出した。充分な退職金も出したよ。夜までにはここを出て行ってもらう」

ああ……と、瑠璃子は嘆くように両手で顔を覆った。自分が原因で、彼女の居場所まで奪ってしまったのだ。

「お前は優しいな。たった一人の奉公人のためにそこまで嘆く事ができるなんて」

春隆が背中から抱き締めてくる。鈴一郎の手も頭を撫でてきた。

「君のその慈悲と許容に満ちた心――――。私達が瑠璃子を欲する、最も大きな理由のひとつだ」

「……私は慈悲など持ち合わせてはおりません。ただ、自分のせいで人が傷つくのを見るのが嫌なだけの、欲深な、傲慢な女です」

人の痛みを背負う事ができない。自分がしているのは、ただ憐れんで許す事だけだ。それは憐れまれる本人からしてみれば、ひどく矜持を貶められる行為に他ならない。

「私のそんな傲慢さに、初江さんはきっと気づいていたのです。だから私の事が我慢ならなかったのでしょう」

何をされても向き合わず、ただ許されるだけ。それでは馬鹿にされているようなものだと憤る者もいるだろう。

「私は鈴一郎様と春隆様の妻としてふさわしくないのかもしれません」

これでは、いつかきっと彼らの事も傷つけてしまうだろう。瑠璃子にはそれが一番耐え難いものだった。

だが、背後から瑠璃子を抱いていた春隆の腕に、ぐっ、と強く力が込められる。まるで瑠璃子を逃がさないとでもいうように。

「お前の傲慢さなんか、俺達はとっくに知っている。だがそれも可愛いと思うし、そんなところもすべて含めてお前が欲しい」

「……春隆に言われてしまったな。私達はお前を失えない。せっかく苦労してここまで手に入れたんだ。君が嫌だと言っても、もう逃がさないよ」

彼らの熱い言葉は、瑠璃子の中に碇《いかり》のように沈み込んで繋ぎ止められる。瑠璃子とて、彼らと離れたくはなかった。いつまでもこうして、この腕の中で溺れていたい。

「……昔の事だけれどね。私達が初めて出会った時の事を覚えているかい」

「……最初に、お招きにあずかった時ですね」

「ああ、君は緊張していて、とても可愛かった」

鈴一郎は昔を懐かしむようにして話し出した。あれは、瑠璃子が十歳の時だったように思う。

初めて訪れた侯爵邸で、庭園の花につい気をとられてしまった瑠璃子は、広い敷地の中で迷ってしまっていた。

「あの時はまだ爵位を継いでいなかったが、父からはもうある程度仕事を任されていた。けれどね、当時の父のやり方は、少しばかり恨みを買うような、強引なものだったんだよ。

それ故に敵も多く、私達はそれと戦わなくてはならなかった」

「少し前の時代のように、刀と刀で斬り合うのならまだ簡単だったろう。そこには大儀がある。だが商売における腹の探り合いとつぶし合いは、心を消耗させる。そんなことに俺達はひどく疲れていた頃だった」

青かった頃だし、今はもう慣れてしまったがな、と二人は小さく笑う。瑠璃子の脳裏に、その時の情景が思い起こされた。

頼りない足取りで、裏庭に分け入っていた時の事だ。表の建物の華やかさから逃れるようにして、鈴一郎と春隆がテーブルに座り、昼間から酒を飲んでいたのだ。彼らは突然目の前に現れた瑠璃子に、ひどく驚いたような顔をしていた。

『……お嬢さんは、どこの子？』

『お、おはつに、おめにかかります。黛瑠璃子と申しますっ』

母から仕込まれた礼法を必死に思い出し、瑠璃子は二人に挨拶をした。本当は不安で泣き出したかったのだが、彼らの顔を見たら、そんな事はできなくなってしまった。

『……ああ、浅草のお嬢さんか。どうしたんだ、迷子か？』

春隆は今よりももう少し斜《しゃ》に構えたような印象だったかもしれない。船来の葉巻の煙が漂ってきて、むせてしまったのを覚えている。すると春隆は慌ててそれを消してくれた。

「春隆様は、少し怖かったですけど、それでお優しい方だなって思ったんです」

「恐いはよけいだな」

「本当の事だろうが」

　軽口をたたき合う二人に、瑠璃子も小さく微笑む。

「でも、その後の事はよく覚えていません」

「あの時、私達の鬱屈した様子に、君は何かを感じ取ったのだろう。歌を歌ってくれたんだよ。美しい賛美歌だった」

「まあ……、私、いきなりそんな事を……お恥ずかしい」

「気にするな。俺達はそれで慰められたんだ」

『教会で習ったお歌です。歌うと、心が落ち着くのです』と言って、瑠璃子は知っているだけの賛美歌をそこで歌いきった。

「――――思い出しました。そこで、私はお屋敷の方に見つかって、母が飛んできたのですわ。ひどく叱られました」

　侯爵家での無礼を叱責するのは当然のことだ。だが鈴一郎達は、楽しい時間を過ごさせてもらったのだからとそれを制した。

「それからだな。お前が俺達にとって、気になる存在となったのは」

「ああ。次にあの従姉妹と会えるのはいつなのだろうと、そればかり楽しみにするようになった」

「――そんなに、前からですの？」

「私達があまりに君に会いたがるので、君のご両親にすっかり警戒されてしまってね。しばらく寂しい日々が続いたよ。だから、城田子爵の件を聞いた時は、不謹慎かもしれないがこの好機を逃すものかと思った」

「そんな、小田切の家から望まれたら、うちの両親だって否とは思わないでしょうに」

「お前が苦労すると思ったんだろうな。現に、こういう事が起こってしまった」

「気がつかなくて、本当にすまなかった」

謝罪する彼らに、瑠璃子は首を振る。

「謝らないで下さいまし。瑠璃子は苦労だなどとちっとも思っておりません」

彼らに望んでもらって、本当に自分は幸せ者だと思う。世間になんと思われようが、もう構いやしなかった。

「たとえいけない事だとしても――瑠璃子は、お二方と一緒にいとうございます」

「――瑠璃子」

鈴一郎の瞳の奥に、一瞬痛みを耐えるような色が浮かんだかと思うと、瑠璃子は自分が口づけられていた事に気づいた。躾けられた仕草で薄く口を開くと、熱い舌が滑り込んでくる。

「ン――――…、ん、ん…っ」

吐息が混ざり合い、感じやすい粘膜を舐められ、喉の奥で甘く呻いた。思う様舌をしゃぶられ、やっと離された時には、頭の芯がぼうっとなってしまっている。すぐに顎を捕らえられて反対側を向かされ、今度は春隆に口づけられた。

「ぁ、は……っ」

舌だけを淫らに絡ませ合う卑猥な口づけ。互いの舌が絡まり合う度に、ぴちゃぴちゃといやらしい音が響いた。

「……お前の親御さんに疎まれた理由が、もうひとつあった」

唾液の糸を引きながら春隆と口を離すと、彼がどこか淫靡に微笑んで囁いた。

「俺達が、お前をこういう目に遭わせると思ったんだろう」

「…………」

最初は何を言われたのかわからなかった瑠璃子だったが、彼の言葉が熱に浮かされ始めた頭に届いた時、ふっ、と微笑む。

それはひどく、妖艶な笑みだった。

「それは、私も望んでいたことです――――」

夢の中で、漠然とした空想の中で願い求めていたもの。

愛する彼らに奪われ、身も砕かんばかりに抱き締められ、官能の沼の中に沈められてしまいたい。

その望みがようやく叶って、瑠璃子は今、途方もなく幸福だったのだ。

運ばれたベッドの上で、瑠璃子の細い肩から浴衣が滑り落ちた。外気に触れる肢体が恥ずかしくて、零れ落ちるたわわな胸を両手で隠してしまう。けれど彼らの手がそれをどけさせ、丸い真珠のようなふたつの乳房が露わになった。

「あ……」

桜色の乳首が、つんと上を向いている。見られるだけで硬く尖りはじめたそれを、鈴一郎と春隆の指が両側から弄んだ。

「ああ……っ」

度重なる行為のせいで、瑠璃子のそれは、ほんの少し触れられただけでも我慢できなくなるほどに感じてしまう。左右の突起をそれぞれの指で転がされる度に、じんじんと疼くような快感が胸の先から身体中に広がっていった。

「すっかりいやらしい身体になったな」

「あ、あ…っ、わたし、わた…し…っ」

春隆のからかうような言葉にふるふると肌を震わせる。時折きゅうっと強めにつままれ、瑠璃子はその度に高い声を上げて背中を仰け反らせた。

「恥ずかしがる事はないよ、瑠璃子。それはとても素晴らしい事なんだ」

「あ、うっ、……っほ、ほんとう…に……？」

くにくにと乳首を押し潰され、乳房全体がじいんと痺れてくる。快楽にうかされ、しゃべる事もままならなくなりつつある自分は、以前とは確かに変わった。こうやって、彼らにずっと愛されていたい。口に出すのも憚られるような事をされるのも、嬉しかった。

「もちろんだ。お前は俺達がずっと愛してやる。こうやって、息もつかせないくらいに」

春隆に軽く肩を押されて、力の抜けた身体は簡単にベッドに倒れ込んでしまう。それを追うように、彼らは瑠璃子の上に覆い被さってきた。鈴一郎に深く口づけされ、敏感な口腔の粘膜を舐め上げられる感覚に身を震わせる。彼らと接吻を交わすと、瑠璃子の頭の中はいつもぼうっと霞がかったようになってしまうのだ。

「ん……、ん」

くちくちと音をさせながら、瑠璃子もまた夢中になって鈴一郎の舌を吸い返す。その間、春隆の手にやわやわと乳房を揉みしだかれていた。身体からどんどん力が抜けていく。

「……ふ、あ」

ようやっと鈴一郎からの口づけが終わると、次は春隆との番だった。まだ舌に吸われた感覚が残っているままで新たな口づけを受け、身体の芯が蕩けそうになってしまう。

「あう……」

口の端を唾液が伝った。はしたない、と思うものの、自分ではどうにもならない。思考は沸騰する寸前だった。

「……雌の顔をしている」

春隆の囁きに、その通りだと思った。今の自分はただの雌だった。与えられる快感を貪欲に味わう、恥ずかしい獣。けれど、それで構わない。鈴一郎と春隆に可愛がってもらえるのならば。

ようやっと二人との口づけが終わった時には、瑠璃子の身体はすっかり蕩けてしまっていた。

「は、あっ…、はあ」

恍惚として肩を上下させている自分を、二人が見下ろしている。彼らは瑠璃子の両側に添うように覆い被さってきた。

「脚を開いてごらん。ここを弄ってあげよう」

「………」

羞恥に耐えるようにして、瑠璃子は両脚をおずおずと開いていく。ある程度まで開いたところで、彼らの脚が左右の脚を搦め取るようにし、それ以上閉じられないようにしてしまった。

「ああっ……、そん、な…っ、恰好っ……」

胸の鼓動がどきどきと駆け足になる。瑠璃子の綻んだ女陰はぱっくりと開いてしまって、その奥からとろとろと愛液を滴らせていた。こんなに物欲しそうにしているなんて、自分の身体はどうなってしまったのだろう。

「私……すごく、はしたないです……」

「ああ、そうだね。瑠璃子はとてもはしたないな」

鈴一郎に煽るように囁かれて、腰の奥がきゅうっと引き絞られるように疼いた。まさか、こんな事を言われて興奮してしまっているの。

「だが、とても可愛らしい。俺達を待っているという証拠だからな」

彼らの手が瑠璃子の下腹部へと降りていく。そこを愛撫された時の快感をすでに知ってしまっている瑠璃子は、期待と不安がない交ぜになった心持ちでその指の行き先を待っていた。

「……ああっ」

くちゃり、と彼らの指が大事な場所を押し開く。

「可愛い瑠璃子。今日はとことん可愛がってあげよう」

「お前が泣いても喚いてもやめないからな」

そうして欲しい、と瑠璃子は思った。自分という存在がバラバラになってしまうほどに、強く強く愛されたい。彼らが与えてくれる快楽で、頭も身体もいっぱいになってしまいたかった。

「……ふ、あぁあっ」

やがて望み通りに、強烈な刺激が脳天まで貫く勢いで込み上げてきた。春隆の指先が、淫核の皮を剥いて露わになった宝珠を撫で上げる。少し粗野な印象を持つ彼の指先は繊細だった。最も鋭敏な場所を、まるで細心の注意を払うかのように優しく擦り上げてくる。蜜壺から潤沢な愛液を掬い取り、それを尖った芽に塗りつけるようにされると、足の先が甘く痺れた。

「あ、あ…ん、ん、あああ…っ、……おおきく、なっちゃうっ……」

瑠璃子のそこは度重なる指戯により、その体積を少しばかり増しているような感じがする。それと同時に感覚はどんどん鋭敏になっていくようだった。

「もっともっと育ててやる。その方がいやらしいいし、お前が俺達のものなんだっていう感じがするからな」

　春隆はそう言いながら、我慢できない場所を意地悪く転がしてくる。内股がぶるぶると震え、蜜壺の奥から新たな愛液が溢れた。

「ああ…っはあぁ、瑠璃子は…っ、お二人のものです…っ」

　快感に喉を反らしながら、瑠璃子は支配され、所有される歓びに胸を打ち震わせる。自分は髪の一筋まで彼らのものだ。

「ずいぶん気分を出しているようだけど、こっちも一緒に可愛がってあげたらどうかな?」

　淫核への愛撫だけで熔けかかっているというのに、鈴一郎の長い指が濡れる蜜壺をまさぐり、中へぬぐ、と挿入してくる。

「あううっ」

「とっても柔らかくなっているね。指を入れているだけで気持ちがいいよ」

　充分すぎるほどに潤い、ひっきりなしに収縮を繰り返す場所に、巧みな指が二本入っている。中を拡げるように穿たれ、感じる粘膜を擦られて、瑠璃子の下半身からは淫らな音がひっきりなしに上がった。

「あ、あ…ふ、んんっ、い、いい…です、ああっ、熔けそ…うっ」

　淫核と蜜壺の両方を同時に責められている。それも彼ら二人に、別々の指で。

頭が興奮と快感で沸騰しそうになっていた。瑠璃子はベッドの上であやしく身悶えしながら、濃厚で執拗な愛撫に細い声で啜り泣く。時折唇から意味をなさない、あるいは淫らな言葉が漏れるが、自分が何を口走っているのかよく理解できなかった。

「気持ちがいいか？」

「ああ…んん…っ、は、はい、……とても、いい…です。きもちいい…っ」

「もっとして欲しい？」

「し、して…ください……っ、ああ、そこ、もっとお…っ」

時折快感が物凄く深くなる事があって、瑠璃子はその度に腰を浮かせて啼く。春隆に責められている淫核はすっかり皮を剝かれて露出され、精一杯の尖りを見せて膨らんでいた。鈴一郎に指で穿たれている蜜壺は、時折どぷっ、という音とともに大量の愛液を迸らせ、鈴一郎の指を締めつける。

「あ、んん、あっ、だ、だめ…え…、そんなっ…、へんに、なっちゃ…っ」

両の胸でつんと尖った突起を、鈴一郎と春隆が左右から舌で転がしてきた。感じる場所をいくつも同時に押さえられ、瑠璃子はどこに感覚を逃していいのかわからなくなる。身体の中を、灼熱の感覚が駆け巡っていった。

「あーっだめっ、あ、ふあ、い、イっ…ちゃ…、あ、———…っっ」

高く細い、切れ切れの悲鳴が瑠璃子の喉から漏れる。腰の奥で爆発した絶頂が全身に広がり、汗に濡れた肢体ががくがくとわななないた。こんな死にそうになる極みも、すべて彼らから教わった事だ。鈴一郎と春隆は瑠璃子に背徳と官能を注ぎ込み、すでにそれなしではいられなくさせた。

「…っあ…っ、は…っ」

激しい快感に脱力した肢体を、彼らは少しの間撫でていてくれた。

「素敵だったよ」

「お前のイく時の声は最高だ」

口々に褒められると、瑠璃子は居たたまれなくなる。いったいどんな痴態を晒したのかと恐ろしくなるのだが、あいにくとそれを覚えていられる時が少ない。けれど、彼らがそれを歓んでくれるのなら、瑠璃子もまた嬉しかった。この肉体が、いや心も、鈴一郎と春隆の好みになればいいと思う。

そして瑠璃子は、鈴一郎の指でさんざん可愛がられた場所がいまだに切なく疼いている事に気づいた。この浅ましい身体は、もっと太くて硬いもので奥まで突き上げられないと満足できないのだ。いつの間にか、そんなふうになってしまった。

「鈴一郎様……春隆様……、わ…私……」

もどかしさにおずおずと彼らを呼ぶと、二人はちゃんとわかっているように瑠璃子の頭を撫でてくる。

「わかっている」

「今あげるよ。瑠璃子の好きなだけ」

力の抜けた身体を鈴一郎に抱き抱えられ、膝の上に向かい合うように乗せられた。春隆はそんな瑠璃子を後ろから支えていてくれる。

「自分で入れられるかい？」

「は……はい……」

恥ずかしいが、瑠璃子は唇を噛みしめて白い手をそっと鈴一郎のものに添えた。それは熱くそそり立っていて、まるで本物の凶器のようだった。だが瑠璃子はそれを愛おしいと思う。彼をこんなふうにしたのが、自分だと思うと、どこか誇らしい気持ちになった。

男根の切っ先が、綻んだ女陰の入り口に当てられる。

「あっ……」

たったそれだけで、腰の奥がひくひくと震えた。

（はやく、ほしい）

ぐぷ、と音を立ててそれを呑み込むと、肉体の芯がきゅうきゅうと疼く。それでも恐くて恐る恐る腰を沈めていくと、それがもどかしかったのか、鈴一郎が瑠璃子の腰を両手で摑み、ぐぐっ、と押し下げてしまった。

「あっ、あぁぁぁあ……！」

強烈な快感が頭まで突き抜けていく。太いものが蜜壺の奥まで一気に挿入されていく感覚がたまらなかった。瑠璃子はたちまちのうちに昇り詰め、入れられただけで軽く達してしまっていた。

「あん、あ、ふううっ……！」

「……もう気をやってしまったのかい？　いやらしいね瑠璃子は」

「ああっ、あっ、だ、だってっ……」

鈴一郎が軽く突き上げはじめると、瑠璃子の媚肉はまた感じて収縮を始める。腰骨がじんじんと疼いて、身体が浮き上がってしまいそうだった。

「んぁぁあ…っ、きもち、いい……っ、いいの…っ」

「私も気持ちがいいよ、瑠璃子……」

鈴一郎の両手が腰を鷲摑み、次第に強く下から突き上げてくる。その度に閉じた瞼の裏でチカチカと白い火花が散った。彼のものをいっぱいにくわえ込んだ蜜壺から、耳を覆いたくなるほどの卑猥な音が響いてくる。それでも今は、その音にさえ興奮してしまうのだ。

「わ、わたし、こんなの……っ、こんな…、あ、あああっ!?」

次の瞬間、下半身を襲う異様な感覚に瑠璃子は悲鳴じみた声を上げる。それまで瑠璃子を後ろから支えていた春隆の指が、双丘の奥の後孔に入ってきたのだ。

「うあ、あっ、そ、そんな…ところ…っ、んうう…っ」

「大丈夫だ。この間は、ここでも感じていただろう?」

「あ、あっ、で…もぉ…っ」

春隆の言う通りだった。身体が充分すぎるほどに解れ、燃え上がっているからなのか、とんでもない場所に指を入れられているというのに、瑠璃子は快楽を得てしまっていた。

「よくしてやる。楽にして、前の方で楽しんでいろ」

「あ…う、う、あ、あ……っ」

じゅぷ、じゅぷと腰を揺らされる度に蜜壺で快感が湧き上がり、瑠璃子は鈴一郎にしがみつく。奥の方で愉悦が濃くなり、我知らず自分でも腰を動かしてしまっていた。

「お尻も気持ちいいのかい?」

鈴一郎に問われて、瑠璃子はこくこくと頷く。

「ああ…変っ……、へんなの…お、あ、熱い…っ」

ぬぷ、ぬぷ、と後ろで指を出し入れされる度に、得も言われぬ快感が込み上げてくる。

それは女陰で感じる愉悦と混ざり合い、次第にひとつの大きなうねりになっていった。

「んん、あーっ、あっあっ、ま、また…っ、イきます…ぅ…っ」

頭が真っ白になる。蜜壺でくわえ込んだ鈴一郎をぎゅううっと締めつけると、彼は低く呻いて瑠璃子の奥に熱い迸りを叩きつけた。

「ふあぁ…っ、で、でて、る…っ、熱いの…っ」

どくどくと注がれる精に身悶えしながら長く深い余韻を味わっていると、後ろから春隆の指が抜かれていく。

「……っ」

瑠璃子はほっとしながらも、どこかで名残惜しげに感じている自分に気がついていた。前と後ろを一緒に責められるのは、泣き出してしまいそうなほどに気持ちがよかったのだ。

けれどそんな瑠璃子のもどかしさは、すぐに満たされる事になった。春隆は後ろから瑠璃子の腰を抱え直すと、あろうことか熱く猛ったものの先端をそこに押し当ててきたのだ。

「……え…っ?」

まさか、という思いで思わず瞠目すると、それは瑠璃子の肉環を広げ、強引に中へと押し入ってくる。

「あ、あうぅう…っ」

あまりの事に息も出来ない。指よりも圧倒的な質量を持つそれが、本来入れるべきでない場所に挿入されている。

「瑠璃子。力を抜け。ゆっくり呼吸するんだ」

さすがに春隆も苦しいのか、どこか痛みを感じているような声が聞こえた。瑠璃子は白く霞む意識の中で、彼を受け入れなければ、という思いだけで無意識に息を吸う。

「……っは、あ、ああ……っ」

「そうだよ、瑠璃子。上手だね」

まだ女陰の中でその存在を主張している鈴一郎が、励ますように褒めてくれた。それが嬉しくて、瑠璃子はそこから力を抜くように努める。前と後ろを征服される感覚は確かに苦しかったが、それを上回る圧倒的な悦びがあった。こんなにまでして愛してもらっている。やがて春隆のものがすっかり後孔に収まってしまうと、瑠璃子の口から切れ切れのため息が漏れた。

「……ふ…、あああ……ん」

「全部入ったぞ。いい子だ。よくできたな」

「ああ…、い、いっぱい、に……っ」

喘ぐように訴えると、春隆は瑠璃子の背後を軽く突き上げてくる。ずん、と身体がバラバラになってしまいそうな重い快感が来て、あたりをはばからない嬌声を上げてしまった。

それと同じくして蜜壺の中の鈴一郎も再び動き始め、瑠璃子は前後の肉洞を二本の男根にみっしりと埋められてしまう。

「あ、あ――……っ、ああっ！」

これでは、屋敷にいる誰かに自分の声が聞こえてしまうかもしれない。けれども、こんな快楽を耐える事などできはしなかった。瑠璃子は信じられないほどに何度も極め、そのうちに自分が今達しているのかそうでないのかわからなくなる。

「ふああ、だ…め、これ、きもち、よすぎ…るのっ、あん、んんんん――……っ」

下肢がびくびくと震え、開きっぱなしの口の端から唾液が滴った。

「快感に惚けた、素敵な女の顔だ、瑠璃子」

「どれ、俺にも見せろ。……ああ、いいな。可愛いぞ」

春隆に強引に後ろを向かされ、滴った唾液を舌先で舐め取られる。そんな事にさえ、背中がぞくぞくとわなないた。

「んん、あ、イっ…ちゃう、の、また、いっ……！」

「いいよ。何回でもイってごらん。おかしくなっても大丈夫だよ。私達が全部面倒をみてあげよう」

「これからも、ずっとこうして可愛がってやる。お前が嫌だと言っても。俺達だけのものだ、瑠璃子」

彼らの睦言が、身体の奥深くにまで沁みこんでくる。それは瑠璃子を甘美に束縛し、支配していった。そしてその後には蕩けるほどの悦びが全身を侵してくる。爪の先、髪の先にまで。

「ああっ、うれ…しっ、嬉しいっ――…、鈴一郎様、春隆様ぁ……っ、瑠璃子は、瑠璃子はお二方のものですっ……、ああっ、あぁ――……っ！」

視界と思考が真っ白になり、瑠璃子は一際深い、息も止まりそうな絶頂に全身を不規則に痙攣させた。その瞬間に前と後ろの両方で熱い精が媚肉に叩きつけられ、濃密な充足感に溺れそうになってしまう。

いつ終わるとも知れない極みに切れ切れの悲鳴と啜り泣きを漏らしながら、瑠璃子は蜜のような快楽の海にその身体と心を沈めていった。

扉を叩く音が響いて、瑠璃子は玄関を開ける。

「郵便です」

「どうもありがとう」

郵便配達ににこりと微笑みかけて受け取ると、純朴そうな青年は顔を赤らめて嬉しそうに頭を下げていった。瑠璃子は扉を締め、宛名を見て仕分けをする。

「これを鈴一郎様と春隆様に」

「かしこまりました」

鈴一郎と春隆当ての郵便をミエに渡すと、瑠璃子の手元には一通の封書が残った。瑠璃子宛のものだ。それを持って階段を上がり、自分の部屋へと入る。

瑠璃子は封筒を返し、差出人を見た。何も書かれてはいない。

「…………」

少し考えてから、瑠璃子は机の中からペーパーナイフを出し、封を切った。白い半紙に、女性らしい文字が並んでいる。
『瑠璃子様
ご無沙汰しております。初江でございます。私の名など、もう見たくもないかと思われますが、どうか少しだけ、おつきあいいただければ幸いです。この手紙が旦那様方の目に入り、処分されてしまわない事を願っています』
手紙はそんな書き出しで始まっていた。
『あれきりになってしまい、私はしばらくの間、後悔でいっぱいでした。今さら何を、とお思いでしょうが、どうかあの時の無礼の数々、ここにお詫びさせていただきたく思います。本当に、申し訳ありませんでした——』
彼女の印象とはやや違っているその柔らかな文字を、瑠璃子はソファに腰を下ろして読み進めた。
『瑠璃子様は、私が何故貴方に対してあのような態度をとったのか、と思われている事と思います。それにはいくつかの理由があります。まず、貴方が非常に美しい、そして聡明で優しい女性であった事。私は旦那様方から奥方様になる人を迎えられると聞き、どんな方なのか思い描いておりました。そして現れた貴方は、私の想像を遥かに超えていたのです。

そして私は貴方に嫉妬をしました。けれど私のどんな無礼な態度も、貴方はいとも簡単に許されてしまう。私は次第に、貴方がいつ怒るのか試してしまいたくなりました。あの時の自分の心が、私は今でもよくわからなくなります。いつも、どこか悪い夢の中にいるようでした。そうしてそんな悪い夢の中でも、貴方はとても美しかった』

初江のとりとめのないような言葉が続く。彼女の文字は、どこか自分の裡《うち》を探っているふうでもあった。

『瑠璃子様の仰る通り、お三方が愛し合っている場面をこっそりと覗き見していたのも私です。最初は信じられない光景に、ただただ驚き、これは唾棄《だき》すべき行為なのだと忘れようとしました。けれど忘れようとすればするほどにその光景が頭の中にこびりつき、ついには自分でもわからないうちに、旦那様方と瑠璃子様の営みを見続けてしまったのです。破廉恥《はれんち》な女は私です。どうぞお許しください』

瑠璃子はそっと息を呑んだ。顔が熱くなってくる。

手紙はまだ続き、『そしてここからが私の本当の言いたい事でもあります』と綴られていた。

『瑠璃子様が来る少し前、とある男がこの屋敷に来ました。旦那様方は、仕事の関係者だ、と仰られ、長い時間お話ししておられたように思います。私はお茶のおかわりをお持ちしにお部屋へ伺いました。ノックをしようとする寸前で、城田子爵の馬車を、と聞こえたような気がしました。それから間もなくです。あの事故が起こったのは』

瑠璃子は目線を静かに文面へと走らせる。

『私の聞き違いかもしれません。確かな証拠は何もありません。けれどその時の事は、私の心の中にいつまでももやもやと残っておりました。

今思えば、私があなたにあれだけの意地悪をしたのは、瑠璃子様に、ここから逃げていただきたかったのやもしれません。

あなたのために』

手紙はいよいよ最後の言葉に差し掛かろうとしていた。

『けれど、あなた方が深く愛し合うお姿を見ていたら、私もどうしたらいいのかわからなくなってしまいました。

瑠璃子様は今、お幸せでしょうか。風の噂で、小田切伯爵が妻を迎えたと伝わってきました。お幸せなのでしょうね。

差し出がましい文をしたためまして、大変失礼いたしました。この事はどうぞ、お忘れください。それが一番よい事と存じます』

それから形式的な挨拶と共に、手紙は終わっていた。

瑠璃子はそれらをもう一度丁寧に読み、元通りに封筒にしまって立ち上がる。机の引き出しを開け、鍵のかかる箱を取り出すと、瑠璃子はその手紙を一番奥にしまった。深く深く、まるで海の底に沈めてしまうように。

それから箱を机に戻し、何事もなかったように引き出しを閉じた。

「――瑠璃子様。旦那様がお戻りです――」

部屋の外から、ミエの呼ぶ声が聞こえる。その瞬間に瑠璃子はぱっ、と表情を輝かせ、急いで部屋の外へ出る。

「今、行きます」

小走りに階段を降りると、玄関ホールで鈴一郎と春隆が上着を奉公人に預けているところだった。

「おかえりなさいませ、鈴一郎様、春隆様！」

「やあ瑠璃子、ただいま」

「今戻ったぞ」

二人の腕に迎えられ、瑠璃子は鈴一郎と、そして春隆に口づけを受ける。それを奇異の目で見る奉公人は誰もいなかった。

「留守中、何か変わった事はなかったかい」

「いいえ。何もございませんでしたわ」

瑠璃子は一切の迷いもなく、いつもの口調で答えた。彼らが今日も瑠璃子の元へ戻ってきてくれる事。それさえ繰り返されれば、何の問題もない。

「瑠璃子。土産がある。星海堂《せいかいどう》のケーキだ」

春隆が差し出した箱に、瑠璃子は目を輝かせた。

「まあ、嬉しい。ありがとうございます。では、お茶の仕度をいたしますね」

「ああ、頼む」

広いホールを横切ろうとして、瑠璃子はふと、肩越しに屋敷の天井を振り返る。

ここは甘い蜜で出来た、牢のようなものだ。

彼らの腕は自分を搦《から》め取り、この屋敷へと留め置く。けれど、瑠璃子はここから逃げようとは思わなかった。

それは、誰よりも愛おしい彼らがいるから。

二人が請うならば、自分は海の底でも、底なし沼へでも、共に沈もう。

――――それが私の、選んだ答えだもの。

瑠璃子は前へ向き直ると、屋敷の奥へと歩を進めていった。

あとがき

こんにちは。ソーニャ文庫さんでは初めてお目にかかります。西野花《にしのはな》と申します。

今回は「蜜牢の海」を読んで頂き、ありがとうございました。私のＴＬ作品三作目になります。

ＴＬでは初の３Ｐにしてみましたが、いかがでしたでしょうか。この時代は洋服も着物も両方楽しめていいですね。ソーニャさんのコンセプトはとても好きでしたので、お仕事ができて光栄です。またこんな感じのお話も書きたいです。

担当さんも大変お世話になり、ありがとうございました。電話をする度に「声が可愛い……」とこっそり思っていましたのは秘密です（笑）

そして挿絵を引き受けて頂いたウエハラ蜂《はち》先生、どうもありがとうございました！　とても可愛いヒロインと、かっこよくて悪そうなヒーローズを頂けて嬉しいです。今の時点で表紙を見せて頂いたのですが、色使いがすごく綺麗で官能的です！　本文のイラストも楽しみにしています。

一番最初に他社さんでＴＬのお仕事をしてから、こちらでもちょろちょろとお仕事を頂けるようになり嬉しいです。普段はＢＬ多めでお仕事しているんですが、自分の引き出しを少しでも広げるべく、与えられたチャンスはできるだけ生かしていきたいと思います。

さて世間は夏ですね。この本が出る時も、きっとまだ暑いのではないかと思います。私は旅行が趣味なので、涼しい高原にでも……とは思うのですが、今はどこに行っても夏は暑いですね。でも湿気がないだけでずいぶん違います。やはり蒸してしまうと体力が消耗してしまって、機動力もぐんと落ちますね。やっぱり夏は苦手だなあ。寒い冬の方が好きです。雪も、常識的な降雪量だったら悪くない。

それでは、またどこかでお会いできましたら！

西野花
http://twitter.com/hana_nishino

Sonya
ソーニャ文庫

この本を読んでのご意見・ご感想をお待ちしております。

◆ あて先 ◆

〒101-0051
東京都千代田区神田神保町2-4-7 久月神田ビル7階
㈱イースト・プレス　ソーニャ文庫編集部
西野花先生／ウエハラ蜂先生

蜜牢《みつろう》の海《うみ》

2014年9月9日　第1刷発行

著　者　西野花《にしのはな》
イラスト　ウエハラ蜂《はち》
装　丁　imagejack.inc
DTP　松井和彌
編　集　馴田佳央
営　業　雨宮吉雄、明田陽子
発行人　堅田浩二
発行所　株式会社イースト・プレス
〒101-0051
東京都千代田区神田神保町2-4-7 久月神田ビル8階
TEL 03-5213-4700　　FAX 03-5213-4701
印刷所　中央精版印刷株式会社

ISBN 978-4-7816-9537-2
定価はカバーに表示してあります。

Sonya ソーニャ文庫の本

穢して、ただの女にしてあげる。

閉ざされた島の教会で、聖女として決められた役割をこなすだけだったルーチェの日常は、年下の若き伯爵フォリーに抱かれた夜から一変する。十三年振りに再会した彼に無理やり純潔を奪われ、聖女の資格を失ったルーチェ。狂おしく求められ、心は乱されていくが――。

『咎の楽園』 山野辺りり

イラスト ウエハラ蜂